TABLEAU

HISTORIQUE ET POLITIQUE.

TABLEAU

HISTORIQUE ET POLITIQUE

DES

OPÉRATIONS MILITAIRES ET CIVILES

DE BONAPARTE,

PREMIER CONSUL DE LA RÉPUBLIQUE FRANÇAISE;

PAR J. CHAS, DE NÎMES.

OUVRAGE DÉDIÉ A MADAME BONAPARTE.

A PARIS,

Chez ARTHUS BERTRAND, Libraire, quai des
Augustins, n° 35.

DE L'IMPRIMERIE DE GUILLEMINET.

AN X—1801.

ÉPITRE DÉDICATOIRE.

A

MADAME BONAPARTE.

Madame,

Un ouvrage qui rappelle à l'admiration publique et à la reconnaissance nationale les exploits guerriers et les travaux politiques du premier magistrat de la République Française, et

a

qui proclame ces vérités saintes de la morale, sur lesquelles reposent les destinées des nations et la durée des empires, mérite de paraître sous vos auspices. Tandis que le premier Consul travaille constamment au bonheur du peuple, et qu'il remplit avec autant de fidélité que de sagesse les grands devoirs qui lui sont imposés, vous exercez, MADAME, dans votre vie privée, ces vertus douces, et vous montrez ces qualités aimables qui vous assurent à jamais l'amour, l'estime, la confiance d'un époux, qui, au milieu de ses immenses travaux trouvera sa consolation et sa félicité dans cette union contractée sous les auspices vénérables et sacrés de la religion. Le peuple français, après avoir contemplé dans le silence de l'admiration le spectacle sublime de l'administration de son premier magistrat, aimera à fixer ses regards *attendris sur le tableau heureux que lui présenteront cette aménité, cette douceur, cette tendre sensibilité, et ces dons précieux qui embellissent votre ame; ces heureux bienfaits de la nature et de l'éducation serviront quelquefois à tempérer cette sévé- rité du chef de la nation, souvent utile et nécessaire, et à lui inspirer cette clémence magnanime qui par- donne à l'erreur, et oublie les ou- trages. Vous serez, MADAME, la protectrice des malheureux, vous soulagerez l'humanité souffrante, et vous consolerez les cœurs flétris par la misère et par l'infortune. Alors, de toutes les parties de la France s'é- lèvera un cri de bénédiction et d'alé- gresse, et vous entendrez ce cantique de la reconnaissance qui célébrera vo- tre bienfaisance et vos vertus. Tran- quille et heureuse avec votre cons- cience, qui vous rappellera le bien* que vous aurez fait, vous éprouverez ces douces émotions, et vous goûterez ces plaisirs purs, et ces charmes consolateurs réservés aux ames généreuses et sensibles.

Daignez accepter, MADAME, avec bonté, l'hommage de mon profond respect.

J. CHAS.

TABLEAU

HISTORIQUE ET POLITIQUE

DES

OPÉRATIONS MILITAIRES ET CIVILES

DE BONAPARTE,

PREMIER CONSUL DE LA RÉPUBLIQUE FRANÇAISE,

E n offrant à l'admiration publique les exploits guerriers et les travaux politiques de Bonaparte, ce n'est point un vain éloge que j'entreprends; je ne suis qu'un historien fidèle, chargé de présenter la vérité des faits dans sa majestueuse simplicité : c'est l'histoire elle-même qui, en consacrant dans ses annales tous ces faits, élève un monument immortel à la gloire du premier consul de la République. En présentant le tableau de son administration, qu'il soit permis à un citoyen vrai et libre de lui rappeler les grands devoirs qui lui sont imposés, et de lui dire qu'il a assez travaillé

I

pour sa gloire militaire, et que ce qu'il a déjà fait pour
le peuple ne consolide pas encore son bonheur.
Tout, dans cet ouvrage, sera consacré à la vérité
et à l'instruction; toutes mes vues et toutes mes
pensées se sont fixées sur l'humanité entière. J'é-
cris pour instruire les chefs des nations et les administrateurs des empires, pour rendre attentifs
les peuples sur les grandes et sublimes leçons que
leur offre notre histoire, et pour proclamer ces
véritables principes qui doivent régir les sociétés
politiques, et ces vérités saintes de la morale sur
lesquelles reposent la prospérité des états et le
bonheur des peuples.

Je ne m'arrêterai point sur les premières années de Bonaparte; je ne le suivrai point dans
ses études à l'École Militaire de Brienne, où il
fut placé, dès sa plus tendre enfance. Ce serait sans
doute un beau spectacle de voir comment la nature le prépara de loin et le forma; mais qui peut
suivre ses opérations secrètes? elle travaille dans
un silence majestueux, et rien ne peut changer
sa marche lente et invariable. Bonaparte annonce
de bonne heure le desir, ou plutôt le besoin de
la liberté. L'idée de l'indépendance échauffait,

enflammait son ame; il se distingua par la pureté
de ses mœurs. Ainsi se formait cette ame noble
et grande, qui devait donner, dans un âge plus
avancé, et au milieu de la corruption générale,
l'exemple consolant des vertus domestiques.

———————

Bonaparte, dans ses profondes méditations,
devait aimer la retraite et le travail. Son desir de
s'instruire et de s'occuper devint une véritable
passion; mais une espèce d'instinct secret diri-
geait son choix vers ces sciences qui devaient être
les instrumens de sa gloire et de sa grandeur. Il
se livra avec une ardeur infatigable à l'étude de
l'histoire et des mathématiques. Cette dernière
science prépara son esprit à ces combinaisons justes et rapides qui forment le guerrier et l'homme
d'état. En lisant la vie publique et privée des héros,
des sages de la Grèce et de Rome, son ame s'agran-
dissait; son imagination ardente s'élançait vers les
combats; il suivait ces héros, ces grands capitai-
nes dans leurs conquêtes, et s'associait, pour ainsi
dire, à leur gloire et à leurs triomphes.

Bonaparte quitta l'école de Brienne en 1785.
Arrivé à Paris, il annonça son goût pour le service de l'artillerie; il savait que le mérite était

souvent appelé à remplir les places de ce corps. Il s'appliqua aux mathématiques, et y fit des progrès rapides et brillans. Il subit les examens nécessaires, où il annonça ces dispositions heureuses qui présageaient sa gloire et sa grandeur. Il fut nommé officier d'artillerie au régiment de la Fère. L'homme qui seconde les projets et les efforts de la nature, devient un mortel extraordinaire ; l'un jette les semences du génie , et l'autre lui donne ce principe de vie et de fécondité qui produit des fruits rares et précieux.

Bonaparte ne se borna pas aux connaissances mathématiques, ni à leur application aux manœuvres militaires; l'histoire des peuples anciens, la théorie de leurs constitutions, les principes du contrat social, la science de la législation, et l'art de la politique , furent les objets de ses méditations et de ses travaux. Les sciences forment une chaîne immense que le génie parcourt, d'une extrémité à l'autre, sans s'affaiblir et sans s'arrêter; il en connaît, il en juge toutes les parties, il en forme un faisceau de force et de lumière, qu'il fait servir à l'instruction publique , et au bonheur de l'humanité.

Il est des hommes faibles, qui, dans le cercle étroit de leurs pensées, ne savent pas étendre leur vue dans l'avenir ; ils ignorent que la nature a des époques fixes où elle manifeste sa force et sa puissance, en créant des êtres qu'elle fortifie et embellit de ses dons, pour éclairer et instruire leur siècle, pour régler les destinées des empires, et rendre les peuples à la liberté, à la paix, au bonheur. On prit pour une ambition démesurée cette inquiétude dévorante de l'ame, ces transports sublimes d'un génie qui sentait ses forces, et qui semblait deviner les secrets de la nature. Bonaparte vit et jugea la révolution ; il s'applaudit de la chûte du despotisme : il admira un peuple qui rentrait dans l'exercice de ses droits ; il aima cette révolution ; mais il en abhorrait les excès, les crimes, et gémissait sur ces institutions féroces que des hommes de sang et de boue avaient créées pour l'effroi de la terre et le scandale de l'humanité. Il aimait cette liberté pure qui, majestueusement assise sur le livre de la loi, est unie avec l'ordre, la paix, la justice et les mœurs. Il détestait cette liberté qui est un double principe d'insurrection et de tyrannie, qui se nourrit de haines et de soupçons, et s'entoure de bourreaux et de victimes.

———

Bonaparte fut arraché à ses paisibles travaux pour combattre les ennemis de l'état ; il fut nommé pour diriger les batteries de Toulon, dont les Anglais faisaient le siége. Il désapprouva les dispositions des généraux , il eut le courage de blâmer leurs opérations et leur conduite. Cet ardent amour pour le bien de la patrie fut regardé comme une présomption orgueilleuse. Les avis et les observations de Bonaparte furent rejetés; mais, comme il faut que l'ignorance et la médiocrité cèdent enfin aux lumières et au génie, on adopta le système défensif qu'il avait proposé. C'est donc aux talens et à l'intrépidité de Bonaparte que sont dues la retraite des Anglais et la reprise de Toulon. Nommé général d'artillerie, à l'armée d'Italie, il démontra le vice du système militaire qu'on avait établi ; il conseilla d'abandonner les affaires de postes, pour fondre, comme un torrent, dans les plaines du Piémont.

Bonaparte se rendit à Nice ; un représentant du peuple le fit arrêter comme terroriste: Comment ce législateur pouvait-il croire qu'un jeune militaire distingué par ses connaissances , qu'un citoyen recommandable par la pureté de ses mœurs, pût s'associer à cette secte exécrable , qui couvrait la France de bastilles et d'échafauds, immolait à sa férocité tant de victimes innocentes ; qui, en proclamant ses affreux principes, a mis un voile sanglant sur un sol jadis comblé des bienfaits de la nature, et a consacré ses dogmes destructeurs par une égalité de malheurs et de ruines ! Cette persécution réveilla dans Bonaparte le goût de la retraite et des sciences. Un travail austère remplissait ses journées ; enfin il résolut de quitter la France. Il sollicita la permission de se retirer à Constantinople. Mais le ciel, qui veillait sur ses destinées, et le préparait à être bientôt un instrument utile à ses desseins, ne permit point cette expatriation volontaire.

Rappelé à Paris, Bonaparte se livra de nouveau à la lecture de l'histoire, de la politique et de la législation. Long-temps renfermé dans la retraite, où s'alimentent les ames grandes et fortes, il interrogea les sages de tous les siècles, il étudia les lois de tous les pays et l'histoire de tous les peuples. Il fut une seconde fois arraché à ses travaux consolateurs, pour combattre un parti qui s'élevait au milieu de la République. Il s'arma pour détruire une ligue redoutable, qui semblait menacer la convention nationale, et dissoudre le corps politique. Bonaparte fit son devoir; il obéit à l'autorité, mais il suspendit le cours de la vengeance, arrêta un torrent de sang, arrosa ses lauriers de ses larmes. Le tableau de l'union et de la concorde vint consoler son ame des malheurs qu'entraîne une guerre civile. Un général, à qui l'on parlait de la journée du 13 vendémiaire, dit avec une expression qui frappa tous ceux qui l'entouraient : « Messieurs, ne ju- « geons pas sans bien connaître ; les Parisiens ne « savent pas toute l'obligation qu'ils ont à Bona- « parte ; s'il eût suivi, à la lettre, tous les ordres « qu'on lui avait donnés, jamais journée n'eût « été plus sanglante. » Bonaparte a rempli, dans cette journée de deuil et de larmes, deux devoirs qui lui étaient imposés : en obéissant, il a montré son respect pour la loi ; en arrêtant l'effusion de sang, il a fait connaître un héros sensible et un ami de l'humanité.

Bientôt après, une faction, qui prenait de nou- velles forces au milieu de ses pertes, voulut ré- tablir le code anarchique de 1795 et le règne exécrable de la terreur Ces démagogues forcenés

s'assemblaient au Panthéon ; c'est dans leur antre ténébreux qu'ils méditaient leurs projets de
destruction et de mort. Ils faisaient des motions
incendiaires, et prenaient des délibérations liber-
ticides, qu'ils présentaient insolemment au Directoire pour les faire exécuter. Il fallut dissiper
cette horde de conspirateurs, et fermer cette ca-
verne où se rassemblaient ces brigands, ces assassins. Bonaparte fut chargé de cette pénible entreprise. Le gouvernement connaissait la vigueur de
son ame, la force de son caractère, et sur-tout
la haine ardente qu'il avait pour cette anarchie
qui étend l'infortune et la corruption sur tous
les membres du corps social, qui prépare les
crimes et l'esclavage des peuples, et qui,
après de sanglantes révolutions, brise le corps
politique, et l'entraîne vers sa dissolution.
Bonaparte dissipe cette cohorte de conspirateurs, et scelle l'antre ténébreux. Bientôt
après, il fut nommé au commandement en
chef de l'armée d'Italie.

Considérons rapidement l'état de l'Italie, au
moment où Bonaparte fut chargé de ce commandement. Venise, Gènes, la Toscane, avaient pris

le parti de la neutralité. Beaulieu, secondé par
les vaisseaux anglais, avait chassé les Français de
Pelgri et de Voltri. Il rétablit les communications
avec la mer. Les forces de l'Autriche, de la Sardaigne, du Piémont et de Naples, présentaient une
armée de 280 mille hommes, prêts à repousser
les agressions des Français, qui n'en avaient
alors que 56 mille. Les ducs de Parme et de
Modène donnaient à la coalition, en argent et en
munitions, ce qu'ils ne pouvaient ou n'osaient
fournir en troupes. L'armée française était con-
damnée, depuis deux ans, aux plus dures priva-
tions sur les stériles rochers de Gènes, et les
moyens de subsistance étaient épuisés. Cette triste
situation aurait découragé, rempli d'effroi, un
homme ordinaire ; mais le génie ne calcule pas
avec cette timidité ordinaire à la médiocrité ; les
obstacles l'irritent, et lui donnent plus de grandeur et d'énergie. Penser, agir, exécuter, n'est
pour lui qu'un même mouvement, une même
action. Tels furent Annibal et César, et tel fut
Bonaparte. « *Si nous sommes vaincus,* di-
« sait-il, *j'auraï trop ; vainqueurs, nous*
« *n'aurons besoin de rien.* »

Les Autrichiens et les Piémontais occupaient
tous les débouchés et toutes les hauteurs des Alpes qui dominent la rivière de Gènes. Beaulieu,

à la tête de dix mille hommes, culbuta toutes les positions sur lesquelles s'appuyait le centre de l'armée française, et parut devant la redoute de Montenotte. Bonaparte, suivi de Berthier et de Massena, porte sur ce point, durant la nuit, les troupes de son centre, force Beaulieu à la retraite, et le chasse de Cuscaro et du Caillot; bat les Autrichiens à Dego et à Millesimo; sépare les Impériaux des Piémontais, s'empare de Ceva, entre en triomphateur à Mondovi, porte l'effroi ét la terreur dans la cour de Turin, et force le roi de Sardaigne à lui laisser toutes les places du Tenaro, et à lui ouvrir le passage du Pô, sous Valence.

Cependant le général Beaulieu, avec les débris de l'armée impériale, pouvait encore, pour défendre le Milanais, prendre une superbe position, ayant son front au Pô, sa droite au Tésin, sa gauche à l'Adda. Mais il crut qu'il devait attendre les Français par Valence. D'après l'armistice accordé au roi de Sardaigne, il se retrancha sur le Tésin. Bonaparte le confirma dans son erreur par d'adroites démonstrations, se porta, par une marche forcée, jusqu'à Plaisance, où il passa le Pô; après avoir vaincu tous les obstacles et bravé tous les dangers, il rendit inutiles, par cette savante manœuvre, toutes les redoutes de Pavie, et tous les retranchemens du Tésin. L'armée française se rangea en bataille, força Beaulieu d'abandonner Fombio, le poursuivit jusque sur l'Adda, et le duc de Parme fut obligé de recevoir la loi du vainqueur. La route de Milan était ouverte aux Français; mais, pour le conquérir et en conserver la conquête, il fallait chasser les Autrichiens de l'Adda. Le général Beaulieu avait concentré sur Lodi la plus grande partie de ses forces; Bonaparte marcha pour l'attaquer. Le pont de Lodi, qu'il avait à franchir, était défendu par une artillerie formidable; mais le général français connaissait la bravoure des troupes qu'il commandait. Il compose une colonne de quatre mille grenadiers, chargée d'emporter le pont. La colonne marche, s'avance, et soutient avec intrépidité le feu continuel de l'artillerie ennemie; plus elle approche, plus le feu devient violent et meurtrier: elle s'arrête; mais Berthier et Massena se précipitent à la tête des rangs : ils les enfoncent, enlèvent l'artillerie, emportent le pont, renversent tout ce qui se trouve sur leur passage, dispersent les Autrichiens, et portent par-tout la confusion et le carnage ; Lodi est pris, et le Milanais conquis. Bonaparte, en rendant compte au Directoire de cette journée mémorable, s'exprime ainsi : « Si nous n'avons

« perdu que peu de monde, nous le devons à la
« promptitude de l'exécution, et à l'effet subit
« qu'ont produit sur l'armée ennemie les masses
« et les feux redoutables de notre invincible co-
« lonne. S'il fallait nommer tous les militaires
« qui se sont distingués à cette bataille, je se-
« rais obligé de nommer tous les carabiniers de
« l'avant-garde, et presque tous les officiers
« de l'état-major; mais je ne dois point oublier
« l'intrépide Berthier, qui fut, dans cette journée,
« canonnier, cavalier et grenadier. »

Milan ouvrit ses portes, et Beaulieu fuyait
vers Mantoue, toujours harcelé vivement par nos
troupes; l'armée française soumettait Pavie, et
s'emparait de Pizzigitone et de Crémone. L'é-
tendard tricolor flottait, depuis l'extrémité du
lac de Côme et la frontière du pays des Grisons,
jusqu'aux portes de Pavie; et, pour achever la
conquête de la Lombardie, il ne restait que le
château de Milan à prendre.

Bonaparte anime la valeur du soldat, et le
dispose à de nouveaux triomphes par des pro-
clamations écrites d'un style mâle et rapide; son
exemple et ses paroles produisent l'effet de la
foudre. « Soldats, dit-il à l'armée française, vous
« vous êtes précipités, comme un torrent, du haut
« l'Apennin; vous avez culbuté, dispersé tout

« ce qui s'opposait à votre marche. Le Piémont,
« délivré de la tyrannie autrichienne, s'est livré à
« ses anciens sentimens de paix et d'amitié pour
« la France. Milan est à vous, et l'étendard ré-
« publicain flotte dans toute la Lombardie. Les
« ducs de Parme et de Modène ne doivent leur
« existence politique qu'à votre générosité. L'ar-
« mée qui vous menaçait avec tant d'orgueil, ne
« trouve plus de barrière qui la rassure contre
« votre courage. Le Pô, le Tésin, l'Adda, n'ont
« pu vous arrêter un jour. Ces redoutables bar-
« rières de l'Italie, vous les avez franchies aussi
« rapidement que l'Apennin : tant de succès
« ont porté la joie dans le sein de la patrie; vos re-
« présentans, pour consacrer vos victoires, ont or-
« donné une fête célébrée dans toutes les commú-
« nes de la République. Là, vos mères, vos sœurs,
« vos épouses, vos amantes, se réjouissent de vos
« succès, et se vantent avec orgueil de vous appar-
« tenir ; oui, soldats, vous avez beaucoup fait....
« Mais ne vous reste-t-il plus rien à faire ? Dira-
« t-on que nous avons su vaincre, mais que nous
« n'avons pas su profiter de la victoire ? La pos-
« térité nous reprochera-t-elle d'avoir trouvé
« Capoue dans la Lombardie ? Mais je vous vois
« déjà courir aux armes, un lâche repos vous
« fatigue, les journées perdues pour la gloire le

« sont pour votre bonheur. Eh bien! partons,
« nous avons encore des marches forcées à faire,
« des ennemis à soumettre, des lauriers à cueillir,
« des injures à venger ; ceux qui ont aiguisé les
« poignards, allumé la guerre en France, qui ont
« lâchement assassiné nos ministres, incendié nos
« vaisseaux à Toulon, qu'ils tremblent!..... l'heure
« de la vengeance a sonné; mais que les peuples
« soient sans inquiétude, nous sommes amis de
« tous les peuples, et particulièrement des des-
« cendans des Brutus, des Scipion, et de tous
« les grands hommes que nous avons pris pour
« modèles. Le peuple français, libre, respecté du
« monde entier, donnera à l'Europe une paix
« glorieuse, qui l'indemnisera des sacrifices de
« toute espèce qu'il a faits depuis six ans; vous
« rentrerez alors dans vos foyers, et vos conci-
« toyens diront, en vous montrant : Il fut de
« l'armée d'Italie. »

Bonaparte entre à Milan en triomphateur : à
peine a-t-il proclamé la liberté de la Lombardie,
que d'ardens conspirateurs arborent à Milan et
à Pavie l'étendard de la révolte ; ils méditent
des assassinats et des crimes : une prompte et
terrible vengeance pouvait seule arrêter les ra-
vages de cet incendie, qui menaçait l'Italie ; les
officiers municipaux de Pavie, coupables de cette

rebellion, sont fusillés, et quelques rebelles de Milan, condamnés à mort. Des otages furent remis pour assurer la tranquillité de la Lombardie. Ces actes de vigueur comprimèrent, dans sa naissance, cette conspiration, qui semblait avoir des ramifications immenses.

Le général Beaulieu, ne trouvant sur l'Oglio aucune position qui pût convenir aux débris de son armée, s'était placé derrière le Mincio, appuyant sa droite au lac de Garde, et sa gauche à Mantoue. Mais le Mincio ne pouvait être une forte barrière contre une armée qui avait passé le Pô et l'Adda. Borghello fut encore le témoin de la bravoure et de l'impétuosité des Français. Arrêtés dans leur marche par la réparation d'un pont qu'avait coupé l'ennemi dans sa retraite, fatigués de la lenteur des travailleurs, frémissant d'ardeur et d'impatience, cinquante grenadiers cherchent une route à travers les flots : un général est à leur tête ; ils touchent à la rive opposée. Les Autrichiens, qui croient voir encore la colonne de Lodi, dirigent sur elle tous les feux de l'artillerie ; mais l'armée brave le danger et la mort ; elle passe le pont, s'empare de Vallegio, quartier-général de Beaulieu, entre dans Peschiera, et force les Impériaux d'aller chercher leur sûreté derrière l'Adige, et Mantoue est investi. Il ne reste à l'Autriche que cette forteresse et le château de Milan. Après avoir, en six semaines, soumis tout le nord de l'Italie, Bonaparte annonce qu'il va marcher à la conquête de l'Allemagne.

Il fallait vaincre, conquérir, profiter des victoires et conserver ses conquêtes. Telle fut la valeur, tel fut le génie de Bonaparte. Il fallait mettre un terme à ces divisions intestines qui troublaient les fiefs impériaux; il fallait terminer les différens de la France avec Modène, Naples, Rome, et chasser les Anglais de Livourne. Cette ville tombe au pouvoir des Français. Bonaparte, qui sait respecter les droits des nations et les lois de la justice, déclare au duc de Toscane que l'armée française se conduira d'après les principes de la plus sévère neutralité, et que le pavillon, la garnison et les propriétés du souverain et de ses peuples seront respectés.

Bonaparte entra dans l'État Ecclésiastique, et s'empara de Bologne, des châteaux d'Urbain et de Ferrare. Pie VI, qui, par faiblesse ou séduction, s'était déclaré l'ennemi de la France, tremble sur le trône pontifical. Ce n'était plus le temps où les papes commandaient des armées, prenaient l'armure des guerriers, s'armaient d'un glaive meurtrier, et lançaient les foudres du Vatican pour épouvanter les rois et les peuples.

Pie VI s'empressa de signer un armistice, où il
renonça aux légations de Bologne et de Ferrare ;
mit les Français en possession de la ville et de la
citadelle d'Ancône ; se soumit à payer vingt millions, à donner cent objets d'art choisis dans les
Musées de Rome, et cinq cents manuscrits de
la bibliothèque du Vatican. Tous les petits princes
d'Italie firent leur paix particulière, et le roi de
Naples signa un armistice avec Bonaparte, en
même temps qu'il envoyait à Paris un ambassadeur pour demander la paix, et implorer la protection du gouvernement français.

La citadelle de Milan, après onze jours de
tranchée ouverte, fut forcée de capituler. Il ne
restait à l'Autriche que Mantoue, dont on avait
commencé le siége. Beaulieu, constamment malheureux, quitta le commandement de l'armée
autrichienne, qui fut confié au comte de Wurmser. Ce général eut quelques succès ; profitant de
nouveaux renforts qui lui avaient été envoyés,
il s'empara de Corona, de Brescia, de Rivoli,
de Vérone, et força les Français à lever préci-
pitamment le siége de Mantoue. Mais ces succès
furent passagers ; ils servirent à ranimer le courage des Français, et Bonaparte sut enchaîner la
fortune à son char. Voyant les Autrichiens s'avan-
cer, d'un côté, par Brescia et Lonado, de l'autre

par l'Adige, pour mettre l'armée entre deux feux,
il abandonne Mantoue, il se porte avec toutes
ses forces sur Lonado, Brescia et Salo ; puis re-
venant sur le Mincio, et attaquant les Autrichiens
sur tous les points dont ils s'étaient emparés, il
poursuit les ennemis dans les montagnes, s'empare de ses tentes et de ses magasins ; attaque
Wurmser, lui fait deux mille prisonniers; cinq
cents hommes restent sur le champ de bataille,
et huit pièces de canon tombent au pouvoir du
vainqueur. A Lonado, les Autrichiens surpren-
nent un général et une partie de la dix-huitième
demi-brigade, qui formait l'avant-garde. Bonaparte arrive, délivre le général et la troupe qui
avaient été faits prisonniers ; poursuit l'ennemi
jusqu'à Desenzano, lui coupe la retraite, fait
deux mille prisonniers ; six cents hommes sont
tués.

Les Autrichiens concentrent toutes leurs forces
en arrière de Castiglione, et se disposent à tenter
le sort d'une bataille : ce fut alors qu'un parlementaire ennemi se présenta à Lonado. Il fut in-
troduit les yeux bandés. Cet officier déclara que
la gauche de l'armée française était cernée, que
son général faisait demander si les Français voulaient se rendre. « Allez dire à votre général, lui
« répond Bonaparte, que c'est lui-même et son

« corps qui sont prisonniers ; qu'il a une de ses
« colonnes coupée par nos troupes à Salo, et par
« le passage de Brescia à Trente ; que si, dans
« huit minutes, il n'a pas mis bas les armes, que
« s'il fait tirer un seul coup de fusil, je fais tout
« fusiller. Débandez les yeux à Monsieur : voyez
« le général Bonaparte et son état-major au milieu
« de la brave armée républicaine. Dites à votre
« général qu'il peut faire une bonne prise. » On
demande de nouveau à capituler. Pendant ce temps
tout se dispose pour l'attaque. Le chef de la colonne
ennemie demande à être entendu. Il propose de
capituler. *Non*, lui dit Bonaparte, *vous êtes
prisonnier de guerre*. L'ennemi veut se consulter. Bonaparte donne aussitôt ordre de faire
amener l'artillerie légère, et d'attaquer. Alors le
général autrichien s'écrie : *Nous sommes tous
rendus !* C'est ainsi que douze cents Français
forcèrent quatre mille deux cents Impériaux à
poser les armes. L'Europe entière fut saisie d'admiration en apprenant ce trait de hardiesse et d'intrépidité. Bonaparte ne connaît point les lenteurs
de la prudence ; il voit, il examine, prédit, calcule, enchaîne les événemens ; son génie embrasse
tout ; et, dans son immensité, il apperçoit, distingue et juge les résultats qui doivent suivre
l'exécution de ses grands projets ; il pénètre par

les mouvemens qu'il voit, ceux qui lui sont cachés;
il ne laisse jamais échapper ni un moment favorable, ni un poste avantageux ; il joint la hardiesse à la précaution ; il agit tantôt par des réflexions profondes, et tantôt par ces illuminations
soudaines qui sont les élans du génie ; il a de
la vivacité sans précipitation, et du sang-froid
sans lenteur. Tel est cet art sublime que possé-
daient Turenne et Maurice de Saxe, et que Bonaparte a développé dans cette campagne, où il
s'est couvert d'une gloire immortelle.

Bonaparte voit et connaît la situation de l'armée de Wurmser : il l'attaque avec la rapidité
de la foudre, et le poursuit jusqu'au Mincio. Il
fait huit cents prisonniers, s'empare de quinze
pièces de canon et de cent vingt caissons ; force
Wurmser à lever le siége de Peschiera, et à quitter la ligne du Mincio. Les Autrichiens, par-tout
vaincus et dispersés, se réfugient dans les montagnes du Tirol, pour couvrir Trente. Lorsque
Bonaparte apprit les succès brillans de Moreau,
sa marche rapide dans la Bavière, ses efforts pour
atteindre le Tirol, il attaqua les Autrichiens à
Roveredo, les vainquit, leur enleva la Pietra, et
les chassa de Trente. Bonaparte, toujours infatigable, toujours invincible, poursuit sa marche
victorieuse, s'avance dans le Tirol et la Carin-

thie. Après une victoire éclatante, il traverse les gorges de la Brenta, où l'armée autrichienne avait pris une position formidable. Les Français enlèvent les pièces qui défendaient le port de la Brenta, passent, pénètrent dans la ville, font cinq mille prisonniers, et prennent trente-cinq pièces de canon.

Wurmser, resserré de tous les côtés, ne peut franchir la Brenta ; il se jette dans Mantoue, et, par une habile manœuvre, reprend le pont et le village de Ceria, et remporte une grande victoire. Mais bientôt l'armée française délivra cinq cents prisonniers que Wurmser avait faits au combat de Ceria. Bonaparte engagea une nouvelle action, où il s'empara de vingt-cinq pièces de canon, et fit deux mille prisonniers.

Une armée de cinquante mille Autrichiens, commandée par Alvinzy et Davidoviche, marcha vers Vérone pour opérer sa jonction avec l'armée du Tirol. Il était important de s'opposer à cette réunion ; il fallait attaquer et vaincre. Bonaparte fait ses dispositions pour livrer le combat ; mais l'avant-garde de l'armée fut arrêtée à Arcole. Augereau, commandant une division, développa une grande valeur et une grande fermeté. Bonaparte se porta en personne avec son état-major à la tête de la division d'Augereau ; il enflamma le courage des soldats, en leur demandant s'ils étaient les mêmes qui avaient forcé le pont de Lodi ; l'armée jure de vaincre ou de périr. Bonaparte saute de cheval , saisit un drapeau, s'élance à la tête des grenadiers, et court sur le pont en leur criant : *Suivez votre général.* A ces mots, l'armée s'ébranle, et le combat s'engage. Après une vigoureuse résistance, l'ennemi fut vaincu ; quatre mille Autrichiens restèrent sur le champ de bataille ; cinq mille furent faits prisonniers : les Français s'emparèrent de dix-huit pièces de canon.

Fatigué de présenter sans cesse le tableau de la destruction et de la mort, qu'il me soit permis de me reposer un moment pour contempler avec attendrissement et offrir à l'admiration un trait précieux , qui honore l'humanité du vainqueur de l'Italie, et qui nous fait voir cette douce sensibilité qui nous rend si chers le nom et la mémoire de Henri IV et de Turenne. Après la longue et sanglante bataille d'Arcole, Bonaparte se déguise, dans la nuit, en simple officier, et va parcourir le camp ; il y trouve une sentinelle profondément assoupie, la tête appuyée sur la crosse de son fusil ; aussitôt il la prend , la pose doucement à terre, s'empare de son fusil, et fait la faction pendant deux heures, au bout desquelles on vient le relever. Ce soldat se réveille : quelle est sa surprise ! il est sans armes, et un jeune officier fait la faction à sa place. Cette aventure l'épouvante; l'effroi se saisit de lui, lorsqu'observant attentivement l'officier il reconnaît le général en chef : « Bonaparte! s'écrie-« t-il, je suis perdu! Non, lui répond le général avec « douceur : Rassure-toi, mon camarade; après « tant de fatigues, il est bien permis à un brave « comme toi de s'endormir; mais une autre fois « choisis mieux ton temps. » A ce trait de clémence je dois en ajouter un de générosité. Un chasseur à cheval avait été chargé d'apporter à Bonaparte, de Milan à Montebello, des dépêches très-urgentes. A son arrivée, il trouve le général prêt à partir pour la chasse, lui remet le paquet, attend la réponse. Bonaparte la lui remet sur-le-champ : Va, lui dit-il, et sur-tout va vîte.—Général, le plus vîte que je pourrai; mais je n'ai plus de cheval : j'ai crevé le mien, pour être venu avec trop de vîtesse; il est étendu mort à la porte de votre hôtel. Ce n'est qu'un cheval qui te manque, lui dit Bonaparte, prends le mien. Le chasseur craint de l'accepter : « Tu le trouves trop « beau, trop richement enharnaché. Va, mon ca-« rade, il n'est rien de trop magnifique pour un « guerrier français. » Le chasseur s'élance sur le cheval de Bonaparte, revient à Milan, en bénissant le général à qui rien ne coûte lorsqu'il s'agit de récompenser les défenseurs de la patrie. La clémence et la sensibilité sont les vertus des ames grandes et fortes. Le récit des victoires et des conquêtes du héros , étonne , frappe l'imagination ; mais l'homme sensible ne peut l'entendre sans verser des larmes ; ses actions vertueuses inspirent l'amour et le respect. Admirons César et Henri I V dans les plaines de Pharsale et d'Ivry ; mais bénissons leur nom et leur mémoire , lorsque le premier pleure sur la mort de Pompée, et que le second pardonne à Mayenne.

La monarchie autrichienne, ébranlée de tous côtés, faisait de pénibles efforts pour réparer ses pertes. Une nouvelle armée de quarante - cinq mille hommes fut formée. La cour de Vienne s'occupa d'un nouveau plan militaire qui paraissait devoir arrêter la marche victorieuse des troupes françaises. Bonaparte observait à Vérone les mouvemens de l'armée impériale ; il sut découvrir les projets des Autrichiens : il se rendit à Rivoli, où il s'occupa à reconnaître le terrain et la position de l'ennemi , qui occupait une ligne imposante de vingt mille hommes. Un combat s'engagea ; après une vive résistance, les Autrichiens furent battus. Bonaparte sut profiter de sa victoire ; il partit pour attaquer un corps de quatre mille hommes, qui se trouvait derrière Rivoli, et qui se disposait à couper nos communications avec Peschiera et Vérone. Cette colonne fut mise en déroute; celle commandée par Provera fut aussi attaquée. Le commandant autrichien fut forcé de mettre bas les armes; sept mille hommes furent faits prisonniers, et les Français s'emparèrent de vingt-deux pièces de canon, de tous les caissons et bagages de la colonne ennemie.

Mantoue fut forcée de capituler. La conquête de cette place rendit les Français maîtres de l'Italie. L'empereur, chancelant sur son trône, demanda une suspension d'armes, qui lui fut accordée.

Bientôt après on signa à Léoben des préliminaires de paix. Dans le premier article du traité, l'empereur déclarait reconnaître la République Française; Bonaparte fit rejeter cet article, en disant : « La République Française est comme le « soleil sur l'horizon ; bien aveugles sont ceux « que son éclat n'a pas encore frappés ! » C'était à Bonaparte à proclamer cette grande vérité, puisque c'était à sa valeur et à son intrépidité que la République Française devait son éclat et sa gloire. Il lui a imprimé ce grand mouvement qui doit la rendre l'arbitre et la modératrice de l'Europe, et qui, dans la conscience de ses forces, faisait dire à un ministre habile qu'un seul coup de canon ne devait pas se tirer en Europe sans la permission de la France.

Bonaparte fut grand et magnanime après ses conquêtes et ses triomphes; il n'a pas corrompu le fruit de ses victoires par des actes de cruauté: sur le théâtre même de la mort, et au milieu des cris lugubres des mourans, ce guerrier fit entendre le cri de l'humanité; il versa des larmes sur les malheurs et les crimes de la guerre; il fut généreux et clément envers les prisonniers; il respecta le courage et la vieillesse du feld-maréchal de Wurmser; il sut s'arrêter au milieu de ses victoires, et donner la paix à des ennemis faibles et vaincus; il sauva le chef de la religion catholique, donna des larmes aux malheurs de ce pontife vénérable, arracha Rome aux fureurs de la dévastation, conserva les édifices et les monumens qui décoraient la capitale de l'Italie, et dédaigna les vains honneurs de l'entrée triomphale au Capitole. Des princes vaincus, témoins de la générosité du conquérant de l'Italie, recherchèrent son estime, et réclamèrent son alliance.

Les rois de Naples et de Sardaigne implorèrent sa puissance pour écarter de leurs états ce ferment révolutionnaire qui menaçait leurs trônes et leur vie. L'infant duc de Parme se met sous sa protection.

Bonaparte s'occupa du bonheur des peuples vaincus; il affranchit l'Italie en la conquérant; il la rendit libre, et ne l'opprima point; il lui donna des lois conservatrices; il brisa le sceptre de la tyrannie qui s'appesantissait sur les habitans infortunés de ces belles contrées; il les fit rentrer dans leur souveraineté usurpée, affermit et garantit leurs droits. S'il exigea des contributions, c'est le sort des états envahis, c'est le droit de la guerre. Bonaparte, au milieu de sa gloire et de ses travaux bienfaisans, offrit à l'empereur l'olivier de la paix.

Le traité de Campo-Formio augmenta les possessions territoriales de la France, et donna à l'Europe étonnée le spectacle de sa gloire et de sa force. Jamais Louis XIV, dans la plénitude de sa puissance, n'obtint de ses ennemis vaincus une paix aussi glorieuse. La France a acquis ces fameux Pays-Bas, où s'élèvent tant de riches cités.

L'occupation de ces fertiles contrées procure à
la République, comme l'observe un écrivain estimable, un quadruple avantage, sous le rapport
militaire, commercial, industriel et agricole. Sous
le rapport militaire, 1° en ce qu'elle enrichit la
France d'un grand nombre de places de première
ligne, qui, malgré l'état où Joseph II les avait
réduites, suffiraient pour assurer notre frontière
sans réparations dispendieuses; 2° en ce qu'elle
éloigne à jamais de nous le théâtre de la guerre,
l'empereur se trouvant relégué sur la rive droite
du Rhin, et demeurant sans intérêt, comme
sans relations, avec ces pays qu'il nous a cédés.
Sous le rapport agricole, industriel et commercial, ces belles contrées, pouvant être comparées
aux anciens départemens les plus fertiles de la
République, joignent à cet avantage celui d'un
grand nombre de villes manufacturières qui,
l'enrichissant des produits de leur industrie, lui
fourniront la plupart des objets dont elle n'était
pas suffisamment pourvue, et enfin lui procure-
ront l'avantage précieux d'un grand débouché
de son superflu, et d'un immense commerce par
Anvers, ville si heureusement située, qu'avant
l'indépendance des sept provinces elle faisait presque exclusivement tout le commerce du Nord.
Lorsqu'à la paix un bon système commercial

sera établi, elle aura les communications les plus directes et les plus faciles pour importer dans la Baltique et en Russie tous les objets que nous pourrons leur fournir, en concurrence avec l'Angleterre.

Le traité de Campo-Formio affaiblit la puissance de l'empereur en Italie : il a perdu la Lombardie, le Milanais, les fiefs impériaux. La république cisalpine, défendue par les lignes du Mincio, par Peschiera, par Mantoue et par Palma-Nova, et protégée par le gouvernement français, se garantira toujours de toute entreprise et de toute invasion. L'heureuse situation de cette république, l'arrondissement qu'on lui a donné, sa position avantageuse à l'entrée de l'Italie, dont elle occupe la largeur d'une mer à l'autre, annoncent qu'elle paraîtra avec éclat à la tête des puissances du second ordre en Europe, et lui assurent sur-tout une grande prépondérance en Italie. Son alliance avec la France, qui seule peut lui garantir l'existence politique qu'elle lui a donnée, utile pour elle en la mettant à l'abri de toute entreprise et de tout danger, n'est pas moins intéressante pour la République Française, qui elle offre plusieurs avantages. Notre puissance fédérative s'accroît dans le système de l'Europe, et nous rétablissons en Italie cette considération et cette influence qui s'opposeront toujours à l'ambition de l'Autriche, qui ne cherchera qu'à conquérir, et qui verra toujours avec regret la gloire et la prospérité de la République Française.

Il est vrai que, par le traité de Campo-Formio, l'Autriche a obtenu la Dalmatie, l'Istrie et Venise : cette cité, qui fut jadis une puissance redoutable, n'était plus célèbre que par le souvenir de son ancienne splendeur. Venise jeta sa dernière étincelle de grandeur à la paix de Carlowitz, en 1699 ; mais, à la paix de Passarowitz, en 1719, elle retomba dans sa nullité pour ne se relever jamais. En 1747, témoin de l'oppression de Gènes, Venise, qui tremblait d'obéir au joug de l'Autriche, a subi sa destinée ; Venise n'était plus rien pour nous, et la cession que nous en avons faite à l'Autriche procure à la France un avantage réel : elle consacre, pour ainsi dire, l'indépendance de la Cisalpine, en éloignant l'empereur du centre de l'Italie.

Bonaparte, après le traité de Campo-Formio, revint à Paris, où il fut reçu aux acclamations de l'alégresse publique ; il fut ensuite nommé ministre plénipotentiaire à ce congrès de Rastadt, où l'on préparait cette étincelle electrique qui devait allumer un nouvel incendie, et dont la commotion devait se faire sentir au même instant du pôle à l'équateur, du Nil à la Neva, et du Guadalquivir au Volga. Bonaparte souleva le voile qui couvrait les projets des puissances rassemblées ; il en suivit les progrès, en devina le résultat : il opposa à ce machiavélisme secret la loyauté d'une ame fière et généreuse. Son art de négocier était celui de présenter la justice environnée de tous ses droits, de la raison armée de toute sa force. Il développa cette sagesse et cette fermeté qui annoncent les lumières de l'esprit et la vigueur de l'ame. Il fit respecter la dignité de la République, en déclarant qu'aucun ministre français ne pouvait et ne devait traiter avec le comte de Fersen, cet ennemi superbe de la France. L'ambassadeur suédois, confus et humilié, quitta le congrès, et alla ensevelir dans Stockolm sa honte et son humiliation. Bonaparte, fatigué de la farce politique qui se jouait à Rastadt, et ne voulant plus être témoin de toutes ces jongleries diplomatiques dont le congrès était le théâtre, partit pour Paris.

Des hommes vastes dans leurs conceptions,

hardis dans leurs projets, pensèrent que l'établissement d'une colonie en Égypte pouvait devenir le boulevard des îles Adriatiques ; que
cette riche contrée assurerait à la France la
domination de la Méditerranée, deviendrait l'entrepôt du commerce de l'Inde, et réunirait les
commerçans de l'Orient aux navigateurs de l'Occident. L'Égypte est la principale route que la
nature a tracée au commerce de l'Inde ; elle est
le point du départ le plus favorable pour les
grandes entreprises ; elle semble ouvrir toutes
les grandes routes du globe de la terre au commerce, à la passion des connaissances et aux
travaux de l'esprit humain. L'Égypte seule offre
de vastes ressources : sous ce double rapport, sa
situation, son climat, sa fertilité, les destinées
qu'elle a éprouvées, en ont fait un fonds aussi
riche pour les recherches savantes que pour les
productions qui forment la matière du négoce.
Sans parler ici de cet état de splendeur qui frappait l'univers entier d'étonnement et d'admiration,
sans parler de ces institutions sublimes, de ces
écoles publiques où l'on enseignait les principes
de la morale et les leçons de la vertu, ni de ces
monumens publics qui étaient l'ouvrage et le
dernier effort du génie , l'Égypte nous rappelle
encore son ancienne grandeur. Elle entretient

3

maintenant un commerce considérable avec l'A-
rabie et l'Abyssinie par le Nil, et avec la Turquie et l'Europe par la Méditerranée. L'Egypte
est, pour ainsi dire, à la porte de la France; en
dix jours, nos flottes peuvent aller de Toulon à
Alexandrie. Ce n'est point assez de tous ces avantages qui lui sont propres, sa possession en donne
d'accessoires, qui ne sont pas moins importans.
Par l'Égypte, nous pouvons toucher à l'Inde, et
dériver tout le commerce par la mer Rouge ;
nous pouvons rétablir l'ancienne circulation par
Suez, et faire déserter la route du Cap de Bonne-
Espérance : par les caravanes de l'Abyssinie,
nous attirerions toutes les richesses de l'Afrique
intérieure, la poudre d'or et les dents d'éléphant;
en favorisant le pélerinage de la Mecque, nous
jouirions de tout le commerce de la Barbarie
jusqu'au Sénégal. Alexandrie, rendue à sa destination primitive, serait le centre du commerce
de la Méditerranée et des riches productions des
Indes ; les fertiles campagnes du Delta, situées
sous le beau ciel, et susceptibles de tous les genres de culture, rendraient moins sensible le dé-
lâbrement de nos colonies d'Amérique, et les
suppléeraient avec succès ; les communications
avec l'Asie deviendraient plus faciles, plus directes, plus libres, plus économiques, et l'Angle-

terre aurait peine à soutenir la concurrence ; les communications avec la Grèce, les échelles du Levant et les côtes d'Afrique, multiplieraient encore nos rapports ; la France deviendrait un entrepôt universel où viendraient se réunir toutes les richesses et toutes les productions de l'Orient.

. Il était digne du génie et de la valeur de Bonaparte d'exécuter cette vaste et importante entreprise ; ses hautes destinées l'appelaient à conquérir l'Egypte, et à renouveler sur les bords du Nil les travaux, les bienfaits, et les vertus d'Alexandre. Il vit que cette conquête ouvrirait à la France de nouvelles sources de gloire et de prospérité. L'histoire lui avait appris que les nations qui eurent part au commerce de la mer Rouge furent puissantes : les Juifs lui durent leur gloire et leurs richesses. Si la conquête de quelques places, qui donnaient la faculté de participer au commerce d'Egypte, suffisait pour mettre une nation en état de jouer un rôle brillant ; si les Vénitiens, sans possessions territoriales, surent par leur commerce, qui était sous la protection vénale des Mahométans, fonder leur puissance et augmenter leurs trésors, que ne doit-on pas attendre d'une nation industrieuse, éclairée, puissante, devenue maîtresse de ces riches et fertiles contrées? Qui peut calculer le bien que la France peut retirer de l'Egypte?

En pensant à cette conquête, l'ame de Bóna-
parte s'enflamme, son génie s'agrandit ; cette
pensée réveille d'intéressans souvenirs, et fait
naître de grandes espérances. Alexandre, le plus
grand capitaine qui ait jamais existé, forma le
projet d'établir le siége de son empire en Egypte,
et d'en faire le centre du commerce de l'univers.
Bonaparte médite déjà de rendre à l'Egypte son
ancienne splendeur, et de rouvrir les canaux qui
fertilisaient jadis ces belles contrées. Il voudrait
que toutes les nations maritimes et commerçantes
se rendissent dans les ports de l'Egypte pour
acheter les productions de l'Inde, et qu'Alexandrie devînt le marché général des productions
asiatiques. Il voudrait venger un peuple malheureux de l'oppression où il gémit depuis si long-
temps; il voudrait lui donner des lois, le rappeler
à la civilisation et à la liberté, ressusciter, pour
ainsi dire, le génie des anciens Egyptiens, rallumer le flambeau des sciences et des arts, élever
des portiques et des temples, et appeler dans cette
terre, autrefois si fortunée, ces sages et ces philosophes qui ont éclairé et consolé les siècles et les
générations.

Concevoir un plan, le voir dans toute son
étendue, quelque vaste qu'il soit, en déterminer
les justes proportions, former de toutes ses par-

ties, par un harmonieux accord, un ensemble parfait; prévoir les obstacles, et trouver dans son audace les moyens de les renverser; calculer, prédire les événemens, et les enchaîner, voilà le travail et les succès du génie. Cyrus, Sélim, Mahomet, ont conquis l'Egypte; Bonaparte peut bien sans doute faire ce que ces conquérans ont exécuté. Ces féroces guerriers ont porté par-tout l'incendie, la dévastation et la mort. Bonaparte ne combattra que pour briser les fers que la tyrannie appesantit sur les peuples; son bras vengeur ne punira que les oppresseurs; et l'Egypte, témoin de sa justice et de sa clémence, bénira son libérateur, et gravera son nom sur le marbre et sur l'airain.

Bonaparte part pour l'Egypte. Arrivé à Toulon, il adresse la proclamation suivante à l'armée navale : « Soldats ! vous êtes une des ailes de « l'armée d'Angleterre; vous avez fait la guerre « de montagnes, de plaines, de siéges; il vous « reste à faire la guerre maritime. Les légions ro« maines que vous avez quelquefois imitées, mais « pas encore égalées, combattaient Carthage, tour « à tour, sur cette même mer, et aux plaines de « Zama. La victoire ne les abandonna jamais, « parce que constamment elles furent braves, pa« tientes à supporter les fatigues, disciplinées et

« unies entr'elles. Soldats ! l'Europe a les yeux
« sur vous. Vous avez de grandes destinées à
« remplir, des batailles à livrer, des dangers, des
« fatigues à vaincre ; vous ferez plus que vous
« n'avez fait pour la prospérité de la patrie, le
« bonheur des hommes, et votre propre gloire.
« Soldats, matelots, fantassins, canonniers et ca-
« valiers, soyez unis ! souvenez-vous que, le jour
« d'une bataille, vous avez besoin les uns des au-
« tres. Soldats, matelots, vous avez été jusqu'ici
« négligés ; aujourd'hui la plus grande sollicitude
« de la République est pour vous : vous serez di-
« gnes de l'armée dont vous faites partie ; le génie
« de la République, dès sa naissance l'arbitre de
« l'Europe, veut qu'elle le soit des mers et des
« contrées les plus lointaines. »

Bonaparte échappa aux Anglais, qui cou-
vrent les mers de leurs vaisseaux ; il s'empara de
Malte, ce fameux boulevard de la Méditerranée,
cette place regardée comme imprenable. Cette
conquête était précieuse ; elle assurait nos relations avec l'Egypte, étendait nos rapports avec le
Levant, aurait contenu ou protégé Naples et la
Grèce. Elle est perdue aujourd'hui : il faut en dire
la cause. Les Français, comme l'observe judicieusement un écrivain politique, maîtres de
l'Italie par le droit de la victoire, ont toujours

trop négligé de connaître et d'approfondir le caractère national des différens peuples qui l'habitent. Sous un nom commun à tous, ils présentent des modifications et des différences réelles,
qui, donnant à chacun d'eux une physionomie
particulière, empêcheront toujours qu'on ne puisse
confondre un Milanais avec un Napolitain, ou
un Toscan avec un Vénitien.

De tous les peuples d'Italie, celui qui a la physionomie la plus marquée, et le caractère le plus
prononcé, c'est sans contredit le peuple maltais.
On se tromperait beaucoup, si on le confondait
avec l'efféminé Toscan, le rusé Génois, ou le
grave Vénitien. Né sous un sol plus brûlant, son
sang et son caractère se ressentent de l'influence
du climat ; robuste, frugal et sobre, mais ardent
et vindicatif, marin déterminé, entreprenant
jusqu'à l'audace, brave jusqu'à la témérité, mais
superstitieux et dévot jusqu'au fanatisme, le Maltais est idolâtre de la pompe, de la richesse de
ses temples, et de son indépendance. Le dépouiller
des uns, lui faire sentir la privation de l'autre,
c'est l'aliéner sans retour ; et c'est malheureuse-
ment ce qu'on a fait avec trop peu de prévoyance :
on a trop oublié que, content de peu, au-dessus
des besoins factices, et libre d'entraves et de
préjugés, le Maltais, dans son île, sait vivre heu-

reux et pauvre, quoique l'avidité du gain lui soit commune avec toutes les nations maritimes.

On a cru le rendre à la liberté, et l'on n'a pas fait attention qu'il était vraiment libre et heureux sous un gouvernement modéré, et que le despotisme des chevaliers ne s'appesantissait que sur ces citadins avilis, connus sous le nom de barons maltais, caste hermaphrodite qui se séparait de la roture, mais que la noblesse de l'Ordre repoussait, et qui réunit la bassesse de l'une à l'orgueil de l'autre. On a voulu détruire ses préjugés, et on a fait violence à son caractère. Que les conquérans apprennent que le caractère primitif d'une nation se conserve au milieu des siècles, des révolutions : la force, les lumières, le commerce, peuvent bien détruire son gouvernement et changer ses lois ; mais il conservera ses préjugés et son culte religieux ; on appercevra, au milieu des ruines et des tombeaux, les marques de son ancienne existence morale. Les révolutions affaiblissent, mais ne détruisent jamais les premières impressions que la nature grave dans le cœur humain.

La flotte française débarqua dans la rade d'Alexandrie ; la ville fut attaquée : elle capitula. Bonaparte conclut un traité avec les Arabes, ordonna la discipline la plus sévère, recommanda le respect des personnes et des propriétés. Il ne fronda point avec mépris l'ignorance superstitieuse des imans et des mollahs de l'Égypte; il parla de Mahomet avec cette admiration qu'on doit à la mémoire d'un grand homme; il en parla avec cette vénération politique qui dut lui concilier l'estime de ses sectaires. Il écrivit ensuite au pacha d'Egypte et au commandant de la Caravelle, pour les instruire qu'il n'était venu que pour châtier les beys qui opprimaient les commerçans français, et pour délivrer le pays de leur tyrannie et de celle des Mamelucks : pour lors il organisa le gouvernement provisoire d'Alexandrie, et donna des ordres pour mettre le port et la ville en état de sûreté. Il partit pour le Caire; il traversa des déserts immenses, sans cesse harcelé par les Arabes; il se disposa à disperser les beys, qui s'étaient retranchés avec toutes leurs forces à Embabé. Les généraux Desaix et Rampon les attaquèrent dans leurs retranchemens. La discipline et l'art de la guerre doivent nécessairement avoir l'avantage sur la férocité courageuse : le carnage fut horrible; les Mamelucks furent presque tous détruits : cette bataille des pyramides répandit la terreur et l'effroi. Le Caire se rendit à l'armée française; Bonaparte fit précéder son entrée en cette ville par la proclamation suivante : « Peuple du Caire, je suis content de

« votre conduite; vous avez bien fait de ne pas
« prendre parti contre moi. Je suis venu pour
« détruire la race des Mamelucks, protéger le com-
« merce et les naturels du pays; que tous ceux qui
« ont peur, se tranquillisent; que ceux qui se sont
« éloignés, rentrent dans leurs maisons; que la
« prière ait lieu aujourd'hui comme à l'ordinaire,
« comme je veux qu'elle continue toujours. Ne
« craignez rien pour vos femmes, vos maisons,
« vos propriétés, et sur-tout pour la religion, que
« j'aime. »

Bonaparte, en rendant compte au Directoire
exécutif de ses succès et de ses conquêtes, lui
parla du désordre de notre flotte commandée
par l'amiral Brueys. « Il me paraît, dit-il, que
« l'amiral Brueys n'a point voulu se rendre à
« Corfou, avant qu'il fût certain de ne pas
« pouvoir entrer dans le port d'Alexandrie, et
« que l'armée, dont il n'avait point de nouvelles
« depuis long-temps, fût dans une position à n'a-
« voir point besoin de retraite : si, dans ce fu-
« neste événement, il a fait des fautes, il les a
« expiées par une mort glorieuse. Les destins ont
« voulu dans cette circonstance, comme en beau-
« coup d'autres, prouver que, s'ils nous accor-
« dent la prépondérance sur le continent, ils ont
« donné l'empire des mers à nos rivaux; mais,

« quelque grand que soit ce revers, il ne peut
« pas être attribué à l'inconstance de la fortune.
« Elle ne nous abandonne pas encore : bien loin
« de là, elle nous a servis dans cette opération
« au-delà de ce qu'elle a jamais fait.

« Quand j'arrivai devant Alexandrie, et que
« j'appris que les Anglais y étaient passés en
« forces supérieures quelques jours avant, malgré
« la tempête affreuse qui régnait, au risque de
« me naufrager, je me jetai à terre. Je me sou-
« viens qu'à l'instant où les préparatifs du dé-
« barquement se faisaient, on signala dans l'éloi-
« gnement au vent une voile de guerre ; je m'é-
« criai : *Fortune ! m'abandonnerais - tu ?*
« *Quoi ! seulement cinq jours !* Je marchai toute
« la nuit ; j'attaquai Alexandrie, à la pointe du jour,
« avec trois mille hommes harassés, sans canons,
« et presque sans cartouches ; et, dans les cinq
« jours, j'étais maître de Rosette, de Demanhour,
« c'est-à-dire déjà établi en Egypte. Dans ces cinq
« jours, l'escadre devait se trouver à l'abri des
« Anglais, quel que fût leur nombre ; bien loin de
« là, elle reste exposée pendant tout le reste de
« messidor ; elle reçoit de Rosette, dans les pre-
« miers jours de thermidor, un approvisionne-
« ment de riz pour deux mois. Les Anglais se
« laissent voir en nombre supérieur, pendant dix

« jours, dans ces parages ; le 11 thermidor, elle
« apprend la nouvelle de l'entière possession de
« l'Égypte, et de notre entrée au Caire. Quand
« la fortune voit que toutes ses faveurs nous sont
« inutiles, elle abandonne notre flotte à son
« destin. »

Bonaparte fit ses dispositions pour détruire
l'armée d'Ibrahim bey, qui fuyait vers la Syrie.
Il le poursuivit dans les déserts, où ses troupes furent dispersées. Le général français suspend la
marche de ses triomphes pour aller visiter les
pyramides d'Égypte ; c'est en appercevant ces
masses indestructibles qui fatiguent le temps, que
Bonaparte fit cette réflexion qu'inspire une ame
grande et élevée, qui se regarde dans la postérité :
Du haut de ces pyramides quarante siècles
nous contemplent.

Bonaparte organisa le gouvernement du Caire,
et fit ses dispositions pour porter ses armes dans
la Syrie. Il s'empara des clefs du Delta. Les généraux Dumas, Murat et Lasne, dispersèrent les
Arabes, qui voulaient les attaquer. Desaix pénétra
dans la haute Égypte, remonta le Nil, et prit
plusieurs bateaux remplis de fusils, de canons,
attaqua l'armée de Mourat bey : elle fut vaincue
après une longue résistance.

L'ancien gouvernement français avait formé

le projet de faire la conquête de l'Egypte, de concert avec le divan. On voulait punir les beys indépendans et rebelles, qui opprimaient les négocians français, abusaient d'un pouvoir usurpé, de l'impuissance de la Porte et de notre éloignement, pour commettre avec impunité leurs actes de tyrannie et de déprédation. Le Directoire exécutif, qui, dans sa politique intérieure, n'a montré ni génie, ni prudence, ni sagesse, a négligé de former une alliance particulière avec la Porte, pour parvenir avec plus de facilité à la conquête de l'Egypte. Trompé par les ouvrages théoriques de quelques voyageurs inexacts et superficiciels, par quelques écrivains, qui, par intérêt et par calcul, trahissent la vérité, et qui veulent toujours soumettre les principes, les faits et les événemens, à leurs préjugés et à leurs passions, le Directoire exécutif avait cru que la conquête de l'Egypte pouvait se faire sans consulter la Porte. Il croyait qu'il serait facile de vaincre des Mamelucks indisciplinés, sans courage et sans prudence. Bonaparte en jugea bien différemment. Ces Mamelucks se sont battus avec une valeur féroce ; à peine étaient-ils vaincus, qu'ils reparaissaient plus forts. Il fallait encore les vaincre et les disperser ; chaque instant rendait la position du vainqueur plus difficile ; chaque victoire était fatale, et la mort

d'un seul soldat français était une perte irrépa-
rable. Dans les villes, les imans et les cheiks ral-
lumaient le fanatisme des peuples, et formaient
des insurrections dangereuses. Les Coptes, ces
héritiers dépouillés, ces antiques possesseurs de
l'Egypte, gémissaient sous le joug des beys qui
les accablaient du double fardeau de la servitude
et de la misère. Ensevelis dans une stupide ignorance, ils étaient dans cette profonde humiliation
qui éteint même le sentiment de l'infortune; sans
énergie pour haïr, et sans courage pour briser leurs
fers, ils recevaient sans murmure le joug de l'esclavage. Ce ne sont pas les tyrans qui font les
esclaves, ce sont les esclaves qui font les tyrans :
c'est dans le sein de la lâcheté que la tyrannie prend
naissance, s'accroît et se fortifie.

Il était facile au Directoire exécutif de se réunir
à la Porte pour conquérir l'Egypte; cette puissance, depuis François Ier, a été toujours une fidelle
alliée de la France; en vain nos infidélités passagères, et sur-tout le traité de 1756, semblaient
l'inviter à se détacher de nous; malgré les menaces
de la Russie et de l'Autriche, elle ne rompit
jamais ses traités : ce gouvernement despotique
vit sans crainte et sans alarme cette révolution
qui avait renversé le trône français; et le supplice de Louis XVI immolé sur l'échafaud ne

changea ni sa politique, ni ses sentimens ;
mais, indigné de l'invasion de l'Egypte, ob-
sédé par les insinuations des agens anglais et
russes, il a déclaré la guerre à la France. Le dé-
sastre d'Aboukir a entraîné sa défection ; cependant le Directoire exécutif pouvait encore ramener
le divan à la même union qui a subsisté si long-
temps entre les deux puissances. Il pouvait avoir
des agens secrets dans l'Uléma, ce collége dont
les membres corrompus jouissent de l'inviolabilité,
puisque le sultan n'a pas droit de vie et de mort
sur eux. Ils se jugent eux-mêmes, et c'est d'après
ce pouvoir extraordinaire qu'ils jouissent de l'impunité de leurs brigandages et de leurs déprédations.
Avec de l'or on pouvait acheter un traité de paix ;
il fallait présenter avec force au divan le danger
où il s'exposait en s'alliant avec l'Autriche, la
Russie et l'Angleterre. La Russie lui a enlevé la
Tartarie, le Cuban, la Crimée, les forteresses
qui défendaient les provinces septentrionales, et le
commerce exclusif de la Perse. L'établissement
de Cherson domine dans cette mer, et menace
Constantinople. L'un des jeunes czars a reçu le
nom de Constantin, en attendant qu'il reçoive,
dans la capitale de la Turquie, la couronne impériale. Combinant ses plans avec ses forces, la
Russie peut attaquer en même temps Constanti-

nople d'un côté, le détroit des Dardanelles de l'autre ; et l'empire ottoman n'est plus. L'Autriche est
prête à exécuter ses projets déjà tentés sur la Va-
lachie et la Moldavie jusqu'aux bouches du Danube ; bientôt elle s'emparera de la Bosnie et la
Servie , et la Turquie partagera le sort de la
malheureuse Pologne. L'Angleterre, unie avec la
Russie, s'emparera du commerce exclusif du Levant et de la mer Noire ; rien ne peut s'opposer
à la destruction de cet empire. Quels sont ses
alliés ? la Pologne ? elle est effacée du nombre des
puissances : la Suède ? elle est impuissante pour
défendre seule ses frontières et ses ports: la Prusse ?
elle a besoin de la paix. Une guerre contre la
Russie, l'Autriche, l'Angleterre, ruinerait son
commerce, épuiserait ses finances et le sang de
ses peuples. Il ne lui reste donc que la France,
assez forte, assez puissante pour la défendre et la
protéger. Comment le divan a-t-il pu oublier cette
alliance antique qui l'unissait à la France ? Son
intérêt et sa politique devaient en rendre les liens
indissolubles. Voilà le tableau que des négocia-
teurs habiles et éclairés devaient présenter à la
Porte. Il fallait choisir des agens hardis, propres
à connaître les hommes qui dirigeaient le divan,
et ceux qui jouissaient du crédit et de la confiance
du grand seigneur. Mais tous les moyens ont

été négligés; des vues étroites, de petits intérêts, de faibles conceptions, ont dirigé les délibérations du Directoire ; et c'est par son ignorance que la France compte la Porte parmi ses ennemis.

Bonaparte voulut réparer les fautes du Directoire : sa politique embrassait de grandes vues. S'il n'a point réussi dans ses négociations avec la Turquie, c'est que le succès n'a pas été en son pouvoir. Il existe des barrières que le génie ne peut point franchir : la nature ne multiplie point ses miracles. Tandis qu'il s'occupait à rendre à la civilisation, à la liberté, aux arts, un peuple si long-temps opprimé, il voulait convaincre la Porte du desir qu'avait la République Française de conserver l'amitié qui subsistait entre les deux puissances. La cour ottomane cherchait depuis long-temps à humilier les beys d'Egypte qui s'étaient affranchis de sa domination. En punissant ces usurpateurs, Bonaparte servait la France, et vengeait le divan. Il envoya à Constantinople le citoyen Beauchamp, chargé de protester des dispositions amicales et pacifiques du gouvernement français, et de faire connaître à la Porte les sujets de mécontentement que Bonaparte avait contre Achmed Dyezzar, pacha d'Acre, qui était regardé comme un monstre de férocité par les barbares les plus sanguinaires de l'Orient.

4

L'armée française ne recevait aucune nouvelle
d'Europe depuis le funeste combat d'Aboukir. La
Méditerranée était couverte des vaisseaux anglais;
tous les ports de l'Egypte étaient bloqués. Bonaparte fut instruit que le gouvernement anglais
était parvenu à conclure un traité de paix avec
la Porte. Il prévit alors que ces deux puissances
se réuniraient pour reconquérir l'Egypte, et qu'il
serait attaqué par la Syrie et par mer. Il fallait
donc s'occuper des moyens propres à prévenir
et à détruire les projets de l'Angleterre et de la
Porte. Bonaparte forme un plan d'opérations militaires qu'il exécutera bientôt. Il se prépare à marcher en Syrie pour châtier le pacha qui gouvernait
cette contrée; mais il veut auparavant organiser
le gouvernement des provinces de l'Egypte : il
établit un divan, et donne au peuple le droit
d'élire ses magistrats; il forme un nouveau sys-
tême de guerre, et fixe une nouvelle répartition
des impôts plus juste et plus utile; il porte la
plus sévère économie dans la partie administrative de l'armée, et établit une compagnie de
commerce, dans la vue de faciliter l'échange et
la circulation de toutes les denrées. Il avait créé
un institut au Caire; il y établit une bibliothèque,
et fait construire un laboratoire de chimie; un
grand atelier est ouvert pour les arts mécaniques;

déjà la fabrication du pain et celle des liqueurs fermentées est perfectionnée; on épure le salpêtre; on construit de nouvelles machines hydrauliques.

Pendant que Bonaparte semblait recréer la ville du Caire, des savans voyageaient par son ordre dans l'intérieur de l'Egypte, et y faisaient les reconnaissances, les découvertes les plus importantes pour la géographie, l'histoire et la physique. Nouet et Méchain déterminent la latitude d'Alexandrie, du Caire, de Salehié, de Damiette, et de Suez; Lefèvre et Malus font la reconnaissance du canal de Moèz; Peyre et Girard lèvent le plan d'Alexandrie; Lanorey découvre Dabou, Menegdé; Geoffroi examine les animaux du lac Menzaleh et les poissons du Nil; de Lisle, les plantes qui se trouvent dans la haute Egypte; Arnolet et Champy fils sont nommés pour observer les minéraux de la mer Rouge, et y faire des reconnaissances; Girard est chargé d'un travail sur tous les canaux de la haute Egypte; Denon voyage dans le Fayoum et dans la haute Egypte pour en dessiner les monumens; Conté dirige l'atelier destiné aux arts mécaniques; il fait construire des moulins à vent, et une infinité de machines inconnues en Egypte; Savigny fait une collection des insectes du désert, et de la Syrie; Beauchamp et Nouet dressent un almanach contenant cinq calendriers, celui de la République française, et ceux des églises romaine, grecque, cophte, et musulmane; Costaz rédige un journal; Berthollet et Monge surveillent tous ces travaux. Gloire immortelle soit rendue à cette honorable assemblée de savans qui quittent leur patrie pour aller porter dans des contrées lointaines ces connaissances et ces pensées, destinées à éclairer des peuples ensevelis dans les ténèbres de l'ignorance! Superbe et respectable association où les forces se réunissent pour tracer la marche des cieux, pour ravir à la nature ses secrets, et pour rendre à l'homme sa liberté, sa gloire, et sa dignité!

La plus grande tranquillité n'avait cessé de régner dans la ville du Caire; les notables de toutes les provinces, secondés par le zèle, et éclairés par les lumières des commissaires français, s'occupaient à organiser les divans, à créer au Caire des lois civiles et criminelles, et à établir un gouvernement ferme et stable, lorsque tout-à-coup éclate une conspiration alarmante. Le général Dupui fut tué, la maison de Cafarelli pillée, sa garde et ses agens égorgés. Tous les Français que les rebelles rencontrent sont massacrés; les Arabes se montrent aux portes de la ville. On bat la générale, les Français s'arment et se forment en colonnes mo-

biles, attaquent les rebelles; l'indignation et la vengeance doublent leurs forces et leur intrépidité ;
ils en font un massacre effroyable. Bonaparte se
montre généreux et clément, il accorde un pardon
général ; l'ordre public est rétabli, toutes les mesures sont prises pour garantir le Caire de l'invasion des Arabes.

Bonaparte se préparait à aller en Syrie pour
attaquer le bey Dyezzar; mais il voulait auparavant
se rendre maître de Suez, faire lui-même la reconnaissance de ce point si important pour le
commerce de l'Inde, et résoudre le problème de
l'existence du canal qui a dû joindre la mer Rouge
à la Méditerranée , et sur lequel la tradition et
l'histoire n'ont laissé que des doutes. Bonaparte
se rend aux fontaines de Marie, et arrive à Suez;
il cherche , et retrouve les traces de ce fameux
canal construit par les Ptolomées, et qui, joi-
gnant la Méditerranée au golfe Persique, serait
pour l'Europe le chemin le plus court pour se
rendre aux grandes Indes s'il était rendu prati-
cable. Bonaparte médite sur les moyens de rendre
à Suez son ancienne splendeur; il encourage le
commerce par plusieurs établissemens utiles ; il
réprime les exactions des Mamelucks et des pa-
chas; il prend des mesures pour assurer le trans-
port de Suez au Caire et à Belbeys. Les Arabes

du Tor, témoins des travaux bienfaisans et de la justice du chef de l'armée, demandent l'amitié des Français.

Bonaparte réunit ses forces, et se dispose à attaquer les Mamelucks. Le général Regnier bloque le fort d'Elarysch. Les ennemis sont dispersés ; deux beys et quelques kiachefs sont tués sur le champ de bataille ; une multitude de chameaux, de provisions de bouche et de guerre, et tous les équipages des Mamelucks, tombent au pouvoir du vainqueur. Bonaparte somme le fort d'Elarysch de se rendre : il capitule ; la garnison met bas les armes.

L'armée, après avoir traversé des déserts immenses, entra dans les plaines de Ghazah, et s'approcha des montagnes de Syrie. Les troupes turques, commandées par Abdala, se dispersent, et les Français entrent dans Ghazah ; ils y séjournent deux jours. Bonaparte consacra ce temps à l'organisation civile de la place et du pays ; il forme un divan, et part pour Jaffa, où Dyezzar rassemblait ses forces. On ouvrit la tranchée ; l'ennemi fait des sorties, où il est repoussé vigoureusement. L'assaut est ordonné ; la ville et le fort sont pris : la garnison est passée au fil de l'épée ; mais Bonaparte ordonne qu'on épargne les habitans. Cette conquête était importante ; Jaffa devenait un port commode et sûr qui pouvait recevoir tout ce qui nous devait arriver de Damiette et d'Alexandrie. Kleber s'empare de Caiffa, et Bonaparte se rend à Saint-Jean-d'Acre. Il fit ouvrir la tranchée; on commença le travail des batteries de brèche et de contre-batteries. Les ennemis, dans différentes sorties, firent quelques prisonniers, et eurent quelques avantages. Mais, ô crime! ô honte de l'humanité! les Français, blessés ou tués dans les attaques, furent, suivant la coutume atroce de l'Orient, mutilés par les Turcs, qui leur coupaient la tête pour en faire des trophées.

Les ennemis recevaient chaque jour de nouveaux renforts. Bonaparte fit ses dispositions pour livrer une bataille générale. Loin de lui cette prudence timide qui ne voit que le danger, et ne voit point l'honneur et la gloire! Il attaqua les Mamelucks au mont Thabor, les vainquit, et les dispersa. Le siége de Saint-Jean-d'Acre, qui avait été suspendu, fut repris; l'assaut fut ordonné : il se livra plusieurs combats, où nous perdîmes plusieurs officiers distingués. Berthier, chef de l'état-major, envoya un parlementaire à Dyezzar, avec une lettre où il demandait une suspension d'armes pour enlever les cadavres qui étaient sans sépulture sur les revers des tranchées, et pour établir un échange des prisonniers.

Le siége d'Acre pouvait être long et meurtrier ;
Bonaparte était instruit qu'on organisait dans
l'Egypte des soulèvemens qui paraissaient se lier
à un système général d'attaques. Après avoir dis-
sipé une tribu d'Arabes qui infectait par ses brigandages la province de Gizeh, après avoir réprimé quelques révoltes, et détruit des hordes
d'Arabes, commandés par un imposteur qui se
disait l'*ange el Mahdi* annoncé par l'alcoran, et
après avoir vaincu les Mamelucks qui étaient ve-
nus dans la basse Egypte pour soulever les Fel-
luhs et les Arabes, il lève le siége d'Acre. Il
ne pouvait plus, sans compromettre le sort de
son armée et de ses conquêtes, prolonger plus
long-temps son séjour en Syrie. Le général Berthier, aujourd'hui ministre de la guerre, qui a
toujours accompagné Bonaparte dans ses campagnes, qui a partagé ses dangers, qui mérite d'être
associé à sa gloire, et qui réunit la valeur du guerrier aux lumières et aux connaissances de l'administrateur et de l'homme d'état, fait, dans sa
relation des campagnes de Bonaparte en Egypte
et en Syrie, des réflexions justes sur cette retraite.
« Bonaparte, dit-il, vit le but de son expédition
« rempli. L'armée, après avoir traversé le désert
« qui sépare l'Afrique de l'Asie, et vaincu tous
« les obstacles avec plus de rapidité qu'une armée

« arabe, s'était emparée de toutes les places fortes
« qui défendent les puits du désert ; elle avait dé-
« concerté les plans de ses ennemis par l'audace
« et la rapidité de ses mouvemens. Elle avait dis-
« persé, aux champs d'Édrelon et du mont Tha-
« bor, vingt-cinq mille cavaliers et dix mille fan-
« tassins, accourus de toutes les parties de l'Asie
« dans l'espoir de piller l'Egypte. Elle avait forcé
« le corps d'armée qu'on envoyait sur trente bâ-
« timens assiéger les ports de l'Egypte. Avec en-
« viron dix mille hommes, Bonaparte avait nourri
« pendant trois mois la guerre dans le cœur de
« la Syrie ; il avait détruit la plus formidable des
« armées destinées à envahir l'Egypte, pris ses
« équipages, ses outres, ses chameaux, et un gé-
« néral ; il avait tué ou fait prisonniers plus de
« sept mille hommes, pris quarante pièces de
« campagne, enlevé plus de cent drapeaux, forcé
« les places de Ghazah, Jaffa, Caiffa. Le château
« d'Acre ne paraissait pas disposé à se rendre ;
« quelques jours de plus donnaient l'espoir de
« prendre le pacha dans son palais. Cette vaine
« gloire ne pouvait éblouir Bonaparte ; il touchait
« au terme du temps qu'il avait destiné à l'expé-
« dition de Syrie. Les saisons des débarquemens
« en Egypte y rappelaient impérieusement l'ar-
« mée pour s'opposer aux descentes et aux ten-

« tatives de l'ennemi. La peste faisait des progrès
« effrayans en Syrie ; déjà elle avait enlevé sept
« cents hommes aux Français ; et, d'après les
« rapports recueillis à Sour , il mourait journelle-
« ment plus de soixante hommes devant la place
« d'Acre. »

L'ennemi fit plusieurs sorties pendant que Bonaparte s'occupait à partir pour l'Egypte ; mais
il fut toujours repoussé. Ce fut alors qu'il apprit
par un parlementaire que la Porte avait déclaré
la guerre à la France, et qu'elle avait fait un
traité d'alliance avec l'Angleterre. Avant de partir
pour l'Egypte, Bonaparte fit publier une proclamation à l'armée, où, après lui avoir rappelé ses
victoires et ses conquêtes, il lui annonce qu'elle a
une carrière de fatigues et de dangers à courir :
« Après avoir mis, dit-il à ses braves soldats, l'O-
« rient hors d'état de rien faire contre nous pen-
« dant cette campagne, il nous faudra peut-être
« repousser les efforts d'une partie de l'Occident ;
« vous y trouverez une nouvelle occasion de gloire ;
« et si, au milieu de tant de combats, chaque jour est
« marqué par la mort d'un brave, il faut que de
« nouveaux braves se forment, et prennent rang à
« leur tour parmi ce petit nombre qui donne l'élan
« dans le danger, et maîtrise la victoire. »

Bonaparte arriva au Caire, où il s'occupa de

ses nouvelles opérations militaires. Il se rendit aux pyramides de Gizeh, où le général Murat, qui venait de disperser un rassemblement d'Arabes aux lacs Nutron, eut ordre de le joindre. Il poursuit les Arabes qui marchaient à la suite de Mourad bey. C'est aux pyramides de Gizeh qu'il apprend que les Anglais avaient débarqué à Aboukir, et menaçaient Alexandrie. Il ordonna à Lasne et à Rampon de passer le Nil, au général Friant de suivre Mourad bey par-tout où il irait, et de surveiller la situation du Caire; au général Dugua de tenir des colonnes mobiles dans les provinces environnant le Caire; au général Regnier de faire surveiller les approvisionnemens des forts d'Elarysch, Cathied, Salehieh, Belbeys, et de s'opposer à tous les mouvemens d'Ibrahim bey, de Dyezzar et des Arabes, au général Kleber de faire un mouvement sur Rosette, en laissant les troupes nécessaires à la sûreté de Damiette et de la province; au général Menou de mettre garnison dans quelques forts, et de venir le joindre à Rahmanié avec le reste de sa colonne. Après avoir fait ces dispositions, aussi savantes que profondes, Bonaparte quitte Gizeh, et se rend à Rahmanié, où il apprend que les Anglais avaient enlevé à Aboukir la redoute, et que le fort, dont le commandant avait été tué, s'était rendu par lâcheté ou par trahison. Bonaparte, instruit que l'ennemi se proposait de s'établir et de se retrancher dans la presqu'île d'Aboukir, qu'il formait des magasins dans le fort, qu'il organisait les Arabes, et qu'il attendait Mourad bey, vit qu'il lui fallait prendre une position où il pût attaquer l'ennemi qui se renforçait, et reprendre Aboukir. Il développa toute l'étendue et toute l'audace de son génie. Il resserra l'ennemi, lui rendit ses communications avec le pays plus difficiles, et intercepta les secours qu'il attendait des Arabes et des Mamelucks.

Bonaparte fit ses dispositions pour livrer un combat général. Il attaque les Turcs; la déroute est complète; dix mille hommes se précipitent dans la mer; Mustapha pacha, commandant en chef, est pris avec deux cents Turcs; deux mille restent sur le champ de bataille; toutes les tentes, tous les bagages, vingt pièces de canon, dont deux anglaises, qui avaient été données par la cour de Londres, restent au pouvoir des Français. L'armée fit des prodiges de valeur. Le général Murat, qui a contribué par sa valeur à cette éclatante victoire, fut blessé. On somma ensuite le château d'Aboukir de se rendre; sur son refus, il fut bombarbé; bientôt il ne présenta que des ruines enflammées et des monceaux de pierres. Enfin l'ennemi jette ses armes, embrasse les genoux du vainqueur, et implore sa clémence. Bonaparte, couvert des lauriers de la victoire, retourna à Alexandrie, où il s'occupa de l'administration civile. Il distribua des récompenses aux officiers et aux soldats, encouragea le commerce, l'industrie, les manufactures, et rendit la colonie florissante.

L'expédition de l'Egypte, quel qu'en soit le résultat, est une entreprise mémorable, qui honore l'esprit humain, que l'histoire immortalisera, et qui a présenté un spectacle de gloire et de grandeur qui étonnera les siècles et les générations. Bonaparte a soumis les Mamelucks, a dompté les Arabes, a vaincu les Turcs; il a puni ces beys qui appesantissaient une verge de fer sur des peuples malheureux. L'Egyptien se reportant à son ancienne origine, et se rappelant son antique valeur, a admiré ces prodiges éclatans, a senti sa noblesse, sa dignité, et a compris qu'il pouvait rentrer dans ses droits usurpés, et exercer une souveraineté qui lui appartient, et qu'il n'a pu aliéner. Bonaparte a apporté chez des nations superstitieuses les lumières, les arts, la civilisation, le flambeau des sciences a éclairé des contrées désertes et sauvages; il a su vaincre et non pas asservir. S'il est entré en triomphateur, si son front était couronné des lauriers de la victoire,

il portait dans ses mains l'olivier de la paix et le
signe de la réconciliation ; il a respecté les opinions politiques, les préjugés et la croyance religieuse des peuples ; il a employé avec art le dogme
principal de l'islamisme, qu'il a fait servir à ses
vues ; il en a fait un instrument utile à sa gloire
et au bonheur des peuples : il ne s'est point trompé
sur les effets qu'il s'était promis de sa marche politique, et les succès qu'il a obtenus sur ces nations agrestes et sauvages attestent son génie et
sa valeur. Si les successeurs de Bonaparte achè-
vent son ouvrage, tout prendra une direction
nouvelle ; l'Angleterre perdra la suprématie maritime dont elle s'est emparée ; sa puissance s'affaiblira ; ses possessions orientales seront menacées ;
l'Asie nous ouvrira ses mines fécondes, et la conquête de l'Egypte nous consolera de la perte de
nos colonies, en nous donnant les mêmes productions et les mêmes trésors.

Bonaparte, au milieu de ses conquêtes et de
ses travaux bienfaisans, apprend les malheurs de
sa patrie : ce tableau de calamités afflige et cons-
terne son ame. Il quitte l'Egypte. Que voit-il en
arrivant en France ? la guerre répandant ses fléaux

et ses crimes; les armées dissipées et sans subsistances? Il voit le prix de ses conquêtes et les fruits
de ses travaux perdus. Un guerrier avait conquis
l'Italie sur une puissance ennemie, ses lois avaient
assuré sa liberté, ses traités avaient garanti son
indépendance; mais l'intrigue s'était emparée de la
conquête, et l'avidité avait recueilli les fruits de la
victoire. Des conceptions délirantes ou cruelles
ont détruit l'ouvrage de la valeur et de la modération; un torrent révolutionnaire a tout renversé;
un pontife respectable est traîné comme un captif;
des agens spoliateurs ont écrasé les peuples de
contributions, et ils se sont partagés les dépouilles
de ces malheureux, qu'ils ont réduits à l'indigence
et au désespoir. Bonaparte voit une lutte scandaleuse entre le Directoire et le pouvoir législatif;
il voit le gouvernement sans justice, sans force,
sans morale, entouré d'intrigans et d'ambitieux,
toujours occupés à combattre un parti par un autre,
à élever une faction sur les débris d'une autre,
sans savoir que l'anarchie, de quelque côté qu'elle
vienne, sous quelque nom qu'on la protége, entraîne la perte de la puissance qui l'appelle à son
secours. Il voit des législateurs inquiets, ombra-
geux, toujours prêts à semer les méfiances et les
soupçons, épouvantant tous les esprits, compri-
mant tous les cœurs par des lois révolutionnaires,

Les finances sont épuisées ; l'état est sans agriculture, sans commerce, sans industrie, sans marine ; une secte continuellement conspiratrice médite le retour de la tyrannie et de la terreur ; des désorganisateurs de l'ordre social annoncent leurs projets de destruction et de mort ; des hommes dont les mains sont encore teintes de sang demandent le salaire de leurs forfaits ; de nouveaux riches couverts de rapines étalent avec audace leur fortune scandaleuse, et insultent aux calamités publiques ; des assassins avec leurs poignards, des incendiaires avec leurs torches, parcourent les départemens, et les ensanglantent ; des écrivains licencieux répandent le poison de leur doctrine ; les opinions religieuses sont méprisées ; l'athéisme est proclamé ; tous les liens de la morale et de la nature sont rompus. La France, comme un malheureux qui expire en se débattant sous le glaive qui l'égorge, s'agitait dans ses convulsions pour trouver un remède à ses maux ; elle marchait rapidement d'erreurs en erreurs, de calamités en calamités, vers sa dissolution politique.

Quel sera le bras assez fort, assez puissant pour empêcher la destruction de l'empire ? qui sera assez habile, ou assez heureux, pour guérir les plaies de l'état, pour l'arracher aux souillures de l'anarchie, et pour rétablir le règne des lois et de la justice sur les ruines des factions et des crimes? Bonaparte sait qu'il est digne de remplir ces hautes destinées. Un seul homme fixe quelquefois le sort des peuples et des empires; à sa voix, les abymes se ferment, les ténèbres se dissipent; l'astre du jour vient ranimer la nature languissante, et répand ses rayons bienfaisans: cette nouvelle création est l'ouvrage du génie et des vertus. Bonaparte, pour l'exécution de ses projets, se réunit à des hommes respectables par leur sagesse, et distingués par leurs talens. Il en forme un faisceau de force et de lumière. Il veut sauver sa patrie, et rappeler à ses antiques vertus un peuple qu'il a illustré par ses victoires. Il se sert de son épée et de l'autorité sacrée des lois pour opérer cette heureuse révolution qui doit fermer les sources des calamités publiques, et donner à l'édifice politique des bases indestructibles.

———

Le conseil des anciens rendit un décret par lequel il transféra le corps législatif à Saint-Cloud, chargea le général Bonaparte de l'exécuter, et mit à sa disposition les gardes du corps législatif, et toutes les troupes de la dix-septième division.

Ce décret lui fut notifié ; il se rendit dans la salle des anciens ; on lui en fit lecture ; ensuite Bonaparte prit la parole, et dit : « Citoyens re- « présentans, la République périssait ; vous l'avez « su, et votre décret vient de la sauver. Malheur « à ceux qui voudraient le trouble et le désordre ! « je les arrêterai, aidé du général Lefèvre, du « général Berthier, et de tous mes compagnons « d'armes. Qu'on ne cherche pas dans le passé des « exemples qui pourraient retarder votre mar- « che ; rien, dans l'histoire, ne ressemble à la « fin du dix-huitième siècle. Votre sagesse a rendu « le décret ; nos bras sauront l'exécuter. Nous « voulons une république fondée sur la liberté « civile, sur la représentation nationale ; nous l'au- « rons, je le jure..... Je le jure, en mon nom, et « en celui de mes compagnons d'armes. »

Bonaparte passe en revue les troupes ; il leur adressa une proclamation où il présenta le tableau énergique et vrai des malheurs qui affligeaient la France. Cette proclamation est un modèle d'élo- quence ; elle doit être consignée dans les annales de l'histoire. « Dans quel état, dit-il, j'ai laissé « la France ! dans quel état je la retrouve ! Je « vous avais laissé la paix, et je retrouve la guerre ! « Je vous avais laissé des conquêtes, et l'ennemi « passe vos frontières ! J'ai laissé vos arsenaux

« garnis, et je n'ai pas trouvé une arme! Vos ca-
« nons ont été vendus, le vol a été érigé en
« système! les ressources de l'état sont épuisées!
« On a eu recours aux moyens vexatoires, ré-
« prouvés par la justice et le bon sens! on a livré
« le soldat sans défense! Où sont-ils les braves,
« les cent mille camarades que j'ai laissés cou-
« verts de lauriers? que sont-ils devenus? ils sont
« morts! »

« Qu'avez-vous fait de cette France que je vous
« ai laissée si brillante? » disait Bonaparte à ces
hommes puissans, qui, chargés de l'exécution des
lois, avaient lâchement trahi les intérêts du peuple,
et s'étaient rendus redoutables par leur tyrannie.
« Je vous ai laissé la paix, je retrouve la guerre! Je
« vous ai laissé des victoires, je vous ai laissé les
« millions de l'Italie, et j'ai trouvé par-tout des lois
« spoliatrices et la misère! Qu'avez-vous fait de cent
« mille Français que je connaissais, tous mes com-
« pagnons de gloire? ils sont morts! Cet état des
« choses ne peut durer, il nous mènerait au des-
« potisme; mais nous voulons la république, assise
« sur les bases de l'égalité, de la morale, de la
« liberté civile et de la tolérance politique, avec
« une bonne administration. »

Les factieux commencent à trembler. Le Directoire, frappé de terreur, s'assemble dans le

désordre. Le jour de la justice est arrivé; il va briser ce sceptre de tyrannie qu'il appesantissait sur le peuple. Les membres se dispersent, et vont cacher dans la retraite leur honte, leur humiliation et leurs remords.

Le conseil des cinq-cents est assemblé à Saint-Cloud. Les factieux forment des complots et méditent des assassinats. Bonaparte, environné de sa gloire, et accompagné d'un génie protecteur, entre dans la salle tête nue, et sans armes. Aussitôt part un cri de sédition, et on attend un arrêt de mort; un glaive meurtrier est suspendu sur sa tête : mais le ciel veille sur ses destinées, et il faut que ses décrets s'accomplissent. Bientôt le sanctuaire des lois se change en une arène de gladiateurs: on n'entendit que les blasphêmes de la fureur et les imprécations de la révolte ; l'étendart sacrilége était levé ; les conspirateurs armés de poignards étaient prêts à immoler leurs victimes; mais la force armée dissipa les conjurés, et le temple des lois fut purgé de ce levain impur qui aurait produit la putréfaction de la société politique. Qu'il nous soit permis ici d'admirer un moment Lucien Bonaparte, qui, par sa fermeté et son génie, a sauvé la République des attentats de nos Catilina modernes. L'histoire consacrera dans ses annales son action courageuse ; elle sera gravée sur l'airain et sur le marbre pour en perpétuer le souvenir jusqu'aux siècles les plus reculés ; la nation lui doit ses éloges et sa reconnaissance.

Bonaparte se rendit dans l'assemblée des anciens. Il improvisa un discours plein de pensées fortes et de grandes vérités. « Représentans du peuple, dit-il, « vous n'êtes point dans des circonstances ordinai- « res, vous êtes sur un volcan ; permettez-moi de « vous parler avec la franchise d'un soldat, avec « celle d'un citoyen zélé pour le bien de son pays ; et « suspendez, je vous prie, votre jugement jusqu'à « ce que vous m'ayez entendu jusqu'à la fin. J'é- « tais tranquille à Paris, lorsque je reçus le dé- « cret du conseil des anciens, qui me parla de ses « dangers, de ceux de la République : à l'instant « j'appelai, je retrouvai mes frères d'armes, et « nous vînmes vous donner notre appui. Nos « intentions étaient pures, désintéressées ; et, « pour prix du dévouement que nous avons mon- « tré, hier déjà on nous abreuva de calomnies; « on parlait d'un nouveau César, d'un nouveau « Cromwel; on répandait que je voulais établir « un gouvernement militaire.

« Si j'avais voulu opprimer la liberté de mon « pays, si j'avais voulu usurper l'autorité suprême, « je ne me serais point rendu aux ordres que vous « m'avez donnés ; je n'aurais pas eu besoin de

« recevoir cette autorité du sénat. Plus d'une fois,
« et dans des circonstances extrêmement favo-
« rables, j'ai été appelé à la prendre. Après nos
« triomphes en Italie, j'ai été appelé par les vœux
« de la nation, par le vœu de mes camarades,
« par celui de ces soldats qu'on a maltraités de-
« puis qu'ils ne sont plus sous mes ordres ; de
« ces soldats qui sont obligés encore d'aller faire
« dans les départemens une guerre horrible, que
« la sagesse et le retour aux principes avaient cal-
« mée, et que l'ineptie ou la trahison viennent
« de rallumer. La patrie n'a pas de plus zélé dé-
« fenseur que moi ; je me dévoue tout entier pour
« faire exécuter vos ordres : mais c'est sur vous
« seuls que repose son salut, car il n'y a plus de
« Directoire : quatre des magistrats qui en fai-
« saient partie ont donné leur démission ; les dan-
« gers sont pressans, le mal augmente ; le minis-
« tre de la justice vient de m'avertir que dans la
« Vendée plusieurs places étaient tombées entre
« les mains des chouans. Le conseil des anciens
« est investi d'un grand pouvoir; mais il est en-
« core animé d'une plus grande sagesse : ne con-
« sultez qu'elle et l'éminence des dangers; préve-
« nez les déchiremens; évitons de perdre ces deux
« choses pour lesquelles nous avons fait tant de
« sacrifices, la liberté et l'égalité.

« Et la constitution de l'an trois ! s'écrie un
« député, plus occupé de son ambition et de son
« intérêt particulier, que de son amour pour les
« lois. La constitution ! reprit Bonaparte, vous
« convient-il de l'invoquer ! qu'est-elle autre chose
« à présent qu'une ruine ? N'a-t-elle pas été succes-
« sivement le jouet de tous les partis ? Ne l'avez-
« vous pas foulée aux pieds le 18 fructidor ? au 22
« floréal ? au 28 prairial ? La constitution ! n'est-ce
« pas en son nom qu'on a organisé toutes les ty-
« rannies depuis qu'elle existe ? A qui désormais
« peut-elle offrir une garantie réelle ? Son insuffi-
« sance n'est-elle pas attestée par les nombreux
« outrages que lui ont prodigués ceux-mêmes qui
« lui jurent en ce moment une fidélité dérisoire ?
« Tous les droits du peuple ont été indignement
« violés; et c'est à les rétablir sur une base im-
« mobile qu'il faut ensuite travailler pour conso-
« lider enfin dans la France la liberté et la ré-
« publique. Je vous déclare qu'aussitôt que les
« dangers seront passés, j'abdiquerai le comman-
« dement qui m'est confié; je ne veux être, à l'é-
« gard de la magistrature nommée par vous, que
« le bras qui la soutiendra. » Bonaparte fixant alors
les yeux sur quelques militaires, plein de son
amour ardent pour la patrie et pour la liberté,
leur dit, dans cet enthousiasme qui attestait la

pureté de son cœur, de tourner contre lui leurs baïonnettes, s'il abandonnait jamais la cause de la liberté.

Qu'importe à Bonaparte que la calomnie le compare à César et à Cromwel ? Qu'y a-t-il de commun entre lui et l'oppresseur de Rome ? Quelle ressemblance peut-il y avoir entre Bonaparte et le meurtrier de son roi, l'usurpateur du trône britannique ? César détruisit la liberté publique, et donna des fers à sa patrie ; il était l'esclave de la multitude, et le tyran du sénat ; il usurpa l'autorité suprême, et prépara ces guerres civiles qui firent verser des flots de sang ; il s'empara du trésor public, et paya des deniers de l'état les destructeurs de la république. Cromwel ne médita que des crimes et des assassinats ; il devint un usurpateur et un tyran, parce qu'il crut ou feignit de croire que le ciel le destinait à être le vengeur de la liberté, le fondateur d'un nouvel empire, le législateur d'un nouveau peuple, le prophète d'une nouvelle doctrine, et le pontife d'une nouvelle religion. Il ne pouvait remplir ces hautes destinées qu'en parcourant tous les degrés de l'hypocrisie la plus infâme, et du fanatisme le plus ardent. Cromwel usurpa un trône qu'il avait ensanglanté. Sa férocité, son despotisme, et le pouvoir militaire dont il était armé, répandirent l'effroi, et imprimèrent la terreur dans tous les esprits ; il créa des tribunaux chargés de s'emparer des propriétés de la nation anglaise , écrasée sous le joug d'une tyrannie inconnue dans les contrées asiatiques. Il devint l'effroi de tous les hommes de bien, et des cris de malédiction s'élevaient de toutes les parties de l'empire pour dévouer son nom et son existence à l'opprobre et à l'infamie. Il mourut dans les tourmens et les remords.

Le peuple a revêtu Bonaparte de la suprême magistrature qui lui donne une grande autorité ; il peut en étendre les droits : tout pouvoir donné par le peuple est sacré et légitime ; tout doit plier devant la volonté nationale. Ah ! si Bonaparte eût voulu usurper les droits de l'autorité suprême, il le pouvait lorsqu'il était à la tête d'une armée puissante et victorieuse, et dans un temps où les soldats, témoins de sa bravoure, célébraient ses triomphes, et juraient de combattre et de vaincre sous un chef aussi heureux qu'intrépide. Mais son ame grande et indépendante ne connaît point cette ambition qui conseille des crimes et des usurpations ; il ne connaît que la volonté nationale , et il sait que le peuple a le droit de transmettre ses droits de souveraineté, et de déléguer l'autorité suprême qu'il ne peut point exercer lui-même. Bonaparte terminera la révolution par ses travaux politiques : l'amour, la reconnaissance et les bénédictions du peuple français; voilà sa récompense!

S'il était permis de chercher une analogie de caractère, de génie, et des talens, nous pourrions comparer Bonaparte à Gustave Wasa. Le héros suédois délivra la Suède du tyran furieux qui l'opprimait. Issu d'une famille noble, il s'appliqua dans sa jeunesse à l'étude des sciences, et se distingua par la pureté de ses mœurs. Témoin des malheurs de sa patrie, il s'arma pour punir le despote usurpateur qui l'asservissait. Après avoir erré quelque temps dans les déserts de la Dalécarlie; il se montre devant un peuple abattu, relève son courage, excite son énergie, forme des guerriers et des soldats: sa vie ne fut plus qu'un enchaînement continuel de victoires et de triomphes. Le peuple suédois n'est plus gouverné par un tyran; il reprend ses droits et sa liberté: Gustave Wasa, monté sur le trône de Suède par l'amour et la reconnaissance de la nation, illustra son règne par sa justice, et honora l'humanité par ses vertus.

On établit un gouvernement provisoire, et bientôt une nouvelle constitution, plus régulière, conforme aux véritables principes du contrat social, à l'étendue de la population de la France, au génie, aux mœurs de ses habitans, s'élève sur les débris de l'ancienne. Bonaparte est nommé premier consul de la République. La nation, au milieu de mille cris d'alégresse et de bénédiction, sanctionne cet acte de la justice et de la reconnaissance, et le proclame le libérateur de la patrie. Qu'il nous soit permis ici d'examiner et de juger le nouveau pacte social qui nous régit. Nous voulons instruire les nations en leur exposant ces principes fondamentaux sur lesquels doivent reposer les constitutions des empires, et les gouvernemens des peuples.

Les nouveaux législateurs de la France n'ont point eu recours à une impuissante et vaine déclaration des droits de l'homme, à des dissertations métaphysiques, à de fragiles moralités, plus propres à exciter les insurrections populaires, qu'à éclairer les esprits, et à perfectionner la morale publique : on n'a pas parlé des droits de l'homme dont on a fait si souvent usage pour établir et propager ce système nouveau de l'égalité, inventé par ces jongleurs politiques, qui veulent aller à la célébrité par des folies ou par des crimes, et qui aiment à promener leurs regards sombres sur des ruines, sur des monumens épars et mutilés. Dès que, par la pensée, on place ce droit, dit un auteur estimable, avant les lois et avant l'origine des sociétés, on ne peut trouver de titre, qu'en dépouillant, pour ainsi dire, les archives de la nature ; l'univers les compose, l'univers est le majestueux dépôt des pensées du créateur : nous ne voyons nullement l'exemple ni le type de cette égalité que l'on veut appliquer au nom des droits de l'homme à l'organisation sociale.

Toutes les fois que l'on dira aux hommes assemblés, *vous êtes égaux*, *libres et souverains*, il faut s'attendre à voir les liens de la subordination se dissoudre, et les droits de la société s'anéantir. Quand on n'aura, pour ramener la multitude à ses devoirs, que des mots vides de sens, et une métaphysique obscure, on excitera ses passions, et elle se livrera à tous les excès de la licence et à toutes les fureurs de l'anarchie. Parlons quelquefois au peuple de ses droits, rappelons-lui sa dignité, son indépendance ; mais parlons-lui aussi de ses devoirs, et ne cessons de l'exhorter à travailler, à obéir aux lois, à respecter ses magistrats, ses législateurs, et à pratiquer les vertus publiques : alors il sera libre et heureux.

Nos anciens législateurs, dans l'organisation et le mode des élections, avaient consacré des principes subversifs de tout ordre social ; ils avaient eu des notions fausses et dangereuses sur les droits et la souveraineté des nations; ils avaient ignoré ou méconnu cette grande maxime de sagesse et de raison, qu'il faut faire tout pour le peuple, et rien par le peuple. Sans doute, les assemblées primaires étaient nécessaires dans les premiers jours de la révolution; mais les passions et les faux principes avaient dénaturé et corrompu cette institution salutaire : tout était devenu tumulte, désordre, injustice; l'ambitieux, l'intrigant obtenait le suffrage d'une multitude ignorante ou séduite; l'homme sage vivait dans l'oubli et dans la retraite; on ne parlait que des droits des citoyens, et jamais de leurs devoirs; le peuple abandonnait ses travaux, l'artisan ses ateliers, le cultivateur ses domaines, le père de famille ses affaires domestiques, pour se livrer à l'examen de questions inutiles à leur bonheur et à leur liberté. Sans doute, la souveraineté appartient au peuple; il est l'origine, le créateur de tout pouvoir; mais il ne peut exercer sa souveraineté par lui-même; il la délègue à un ou à plusieurs citoyens qui représentent légalement la nation; ils agissent, ils parlent en son nom; mais le peuple ne peut pas fixer leur puissance : ainsi, quoiqu'il soit vrai, au fond, que tout vient de la terre, il ne faut pas moins qu'on la soumette par le travail et la culture, comme on soumet le peuple par l'autorité et par les lois. La souveraineté est, dans le peuple,

comme un fruit est dans nos champs, d'une manière abstraite; il faut que le fruit passe par l'arbre
qui le produit, et que l'autorité publique passe
par les mains qui l'exercent.

Il était temps de revenir à ces vrais principes
qui doivent régir les sociétés politiques. Il ne faut
point que, dans un vaste état, le peuple soit assemblé pour nommer ses législateurs. Qu'il désigne
ceux qu'il croit propres à exercer ce grand ministère; mais c'est aux premières autorités à choisir
les citoyens qui doivent coopérer au bonheur et à la
prospérité de l'état. La présentation des candidats
prouve la liberté du peuple; et le choix des élus dirige cette liberté vers le bonheur général.

———————

Le mode de l'éligibilité prescrit par la constitution, et fixé par les lois qui ont été rendues, a évité
sagement de réunir les citoyens en assemblées; il
réserve au peuple l'action immédiate de la candidature; les citoyens élus dans chaque département
ne sont que présentés aux fonctions publiques : ce
sont des autorités communes à tous les départemens qui doivent les *investir*. Les listes gra-
duelles ne sont que des listes de candidats; ce
sont les autorités nationales qui doivent trans-
former la candidature en élections. Ces listes pré-

sentent aux fonctions publiques des citoyens qui en sont dignes ; le choix, la vérification des titres, la communication de la confiance publique aux élus, l'impression du sceau auquel la nation les reconnaîtra, sont des fonctions départies à des mandataires du peuple liés à l'intérêt de la constitution par les intérêts politiques les plus puissans, et par l'intérêt de tous les citoyens ; à ces avantages politiques, l'éligibilité promet d'ajouter des avantages moraux. En plaçant entre toutes les ambitions d'une part, et les emplois publics de l'autre, des barrières que les talens des affaires et l'expérience unis à la probité pourront seuls franchir, elle doit donner au talent de l'émulation pour le travail, de l'ardeur pour l'étude, de l'application pour les affaires, un profond respect pour les mœurs ; tandis que, d'un autre côté, elle doit préserver la multitude ignorante de ces prétentions désordonnées qui lui font abandonner les arts qu'elle peut honorer, pour briguer et disputer au mérite des fonctions qu'elle est incapable de remplir ; elle doit la garantir de cette inquiétude envieuse et jalouse, qui est un sujet de trouble continuel pour les fonctionnaires qu'elle menace, et un véritable supplice pour les ambitieux même qu'elle agite.

Ce mode d'élection concilie à la fois la plénitude

des droits et la liberté des suffrages. Quel plus noble usage peut faire de sa liberté un peuple couvert de gloire, que de distribuer, en quelque sorte, sa confiance et son estime, et de signaler aux dépositaires de son bonheur et de sa puissance des hommes qui, fiers de ces premiers choix, porteront avec orgueil, dans toutes les places qu'ils obtiendront un jour, le prix d'une responsabilité partant d'une source aussi pure! Le but de l'élection est de former une bonne représentation, dit un écrivain politique; la représentation s'établit sur la connaissance qu'a le représentant, non pas de la volonté, mais de l'intérêt des représentés; car il est impossible d'accorder des millions de volontés dont la majeure partie n'est pas dirigée par des lumières; mais il est toujours possible d'accorder les intérêts des individus qui forment une association quelque nombreuse qu'elle soit.

L'élection immédiate a bien l'avantage, continue le même auteur, de donner à l'élu une connaissance plus exacte de la volonté de ses électeurs; mais, dans une nation très-nombreuse, cet avantage est peu de chose auprès de celui de connaître leurs intérêts; et, comme ces intérêts sont nécessaires aux intérêts généraux, l'objet de la représentation, dans une grande nation, ne peut être bien rempli, qu'autant qu'on peut assez perfectionner le mode d'élection, pour généraliser ses formes, qu'autant qu'on peut arriver à instituer, au sein de cette nation, une sorte d'intelligence collective, dont les actes soient regardés et reçus comme des résultats d'un discernement national. Plus on méditera sur le mode de l'éligibilité prescrit par la constitution, et plus on sentira tout ce qu'il y a de profond et de vrai dans la conception de cette institution si neuve, qui généralise, et cependant réalise la pensée nationale, pour faire sortir de ses actes l'impulsion qui anime le gouvernement, et garantit la vie du corps social.

La nouvelle constitution a organisé d'une manière fixe les pouvoirs législatif, exécutif et judiciaire. Cette division fait la force, la splendeur d'un état, et établit la liberté des peuples sur des bases inébranlables. Quelques médecins ont cru, dit M. Adams, que, s'il était possible de tenir les humeurs du corps humain dans une exacte balance, on le rendrait peut-être immortel : avec plus de raison, on en pourrait dire autant du corps social. C'est dans la confusion des pouvoirs que naît, croît et se fortifie ce principe désorganisateur qui bouleverse et dissout les sociétés politiques; c'est la rouille qui corrompt le

6

fer; c'est l'arsenic qui empoisonne le corps humain.

Les constitutions des anciens peuples éprouvèrent de perpétuelles variations, parce que les lois fondamentales étaient faiblement combinées. Il y avait à Athènes des archontes, à Sparte des éphores, à Carthage un sénat et des suffètes, à Rome des tribuns, des consuls et un sénat ; mais tous les pouvoirs étaient mal distribués, et cette confusion enfantait les factions et les guerres. Les anciens législateurs n'ont point fixé d'une manière précise la division et l'équilibre des pouvoirs; ils étaient mélangés, sans ordre et sans règle ; ils s'embarrassaient dans leurs mouvemens, et se choquaient dans leur direction. Platon et Aristote ont bien développé quelques principes sur cette matière ; mais ils n'ont point posé les limites qui doivent régler ces pouvoirs : tout était désordre et confusion dans leurs idées. La science de la politique et de la législation était dans son enfance, et on ignorait ces principes sociaux qui doivent régir les états et gouverner les peuples.

Diviser les pouvoirs, les combiner de manière que leur réunion concoure au bien général, environner le pouvoir législatif d'une grande considération morale, la puissance exécutrice d'une grande force physique, et le pouvoir judiciaire d'une grande vénération ; voilà les bases essentielles sur lesquelles repose le pacte social qui nous régit.

Si nous avons vu se succéder rapidement trois différentes constitutions, c'est qu'elles n'avaient point pour base la division et l'équilibre des pouvoirs. Dans la première, la puissance exécutrice était sans force; on avait rendu illusoires ses droits et ses prérogatives; on l'avait dépouillée de tous les moyens de faire respecter ses ordres; on l'avait mise hors de la législation et de la souveraineté. Dans la seconde, tous les pouvoirs étaient exercés par la convention nationale : cette constitution organisa le désordre, légalisa l'insurrection, consacra la tyrannie et l'usurpation. Dans la troisième, la puissance exécutrice était exercée par cinq directeurs; ses opérations divisées rendaient la marche des lois lente et incertaine; elle était, pour ainsi dire, étrangère à la puissance législative; sa dépendance, contre laquelle elle s'irritait, devait nécessairement produire les passions de la haine et de l'orgueil : il n'y avait point ce centre d'unité qui constitue véritablement le pouvoir exécutif. Cette polygarchie renfermait un principe de désorganisation, un germe de corruption qui prépara la chûte de cette étrange constitution.

Pour établir la division des pouvoirs, et pour défendre la liberté publique contre le despotisme et l'usurpation, la constitution a créé des tribuns.

Ce tribunat n'ordonne rien, n'établit rien ; il maintient et il conserve. Il n'est point législateur ; il examine les projets de loi, les discute, et ne forme qu'un vœu d'admission, ou de rejet. Cette autorité constituée veille sur la conservation de la liberté publique ; elle dénonce les abus, et propose les améliorations qu'elle croit utiles pour la prospérité et le bonheur de l'état. Que les tribuns n'oublient jamais les grands devoirs qui leur sont imposés ; ils doivent discuter avec sagesse et avec maturité les lois que le gouvernement propose à leur examen. Loin d'eux cet esprit de parti qui annonce toujours des vues d'intérêt et d'ambition ! Sans doute ils doivent défendre la liberté publique, et les droits du peuple ; mais qu'ils apprennent que la liberté est fondée sur l'amour des lois, de l'ordre, de la justice, et sur la pureté des mœurs ; que le peuple n'est libre ni heureux que lorsqu'il aime le travail, qu'il obéit aux lois, et qu'il respecte ses magistrats. Loin des tribuns cette rivalité, ces dénonciations, ces entraves, qui gêneraient la marche du gouvernement, en étendraient peut-être le pouvoir, et pourraient diminuer cette vénération et cet amour que le peuple doit à son premier magistrat ! C'est par l'harmonie qui doit régner parmi les autorités constituées que naissent la prospérité de l'état, l'union et le bonheur de tous les membres du corps social. Que cette maxime d'ordre et de salut public soit gravée dans le sanctuaire des lois. Que les législateurs y attachent leurs pensées : c'est en la méditant qu'ils rempliront avec zéle et avec fidélité ces grands devoirs qu'exige l'auguste ministère qui leur a été confié.

———————

La constitution a créé un sénat conservateur qui représente l'assemblée générale des électeurs de France ; il nomme les consuls, compose la liste nationale, élit dans cette liste les législateurs, les tribuns, les juges du tribunal de cassation, et les commissaires de la comptabilité ; il veille au dépôt sacré de la constitution. Gloire et honneurs immortels soient rendus à ces hommes sages qui ont fermé les portes de ces assemblées primaires qui ont été le foyer de tant de crimes et de tant de conspirations ! Sans doute, le peuple a des droits : qu'on les respecte ces droits, bien loin de souffrir qu'on les viole : il faut en confier la garde à de zélés défenseurs qui, revêtus d'une grande autorité, écartent avec soin, et coupent même, s'il le faut, ces mains avides et sacriléges qui chercheraient à envahir l'héritage, et à élever sur les ruines de la liberté publique l'oppression et le despotisme. Tranquille dans son état, et jouissant des fruits de son industrie et de ses travaux, que le peuple s'arrête au devoir de l'obéissance, et se laisse gouverner; qu'au sein de la vertu et de l'aisance, il jouisse de ses droits, et oublie sa souveraineté. Il est des vérités saintes qu'il faut souvent rappeler pour les imprimer profondément dans le cœur des hommes; il faudrait même les graver sur des tables d'airain, et les exposer dans les places publiques : ces monumens rappelleraient à tous les citoyens quels sont les droits qu'ils peuvent exercer, et quels sont les devoirs qu'ils doivent remplir.

C'est dans la formation du gouvernement que les législateurs ont développé de grandes vues de sagesse et de raison; ils ont puisé dans l'étude de l'histoire, dans la science politique, et dans les ouvrages des publicistes, leurs lumières et leurs pensées; ils ont connu les véritables principes qui doivent régir les sociétés politiques, et les ont appliqués au nouveau pacte social. Le gouvernement, qui réside essentiellement dans le pouvoir exécutif, a été associé à la puissance législative : on lui a donné un centre d'unité et de pouvoir. Il ne faut point confier l'exercice de la puissance exécutrice à plusieurs; un seul doit être revêtu de cette suprême autorité. Un centre unique de pouvoir est nécessaire pour imprimer aux lois un caractère de grandeur et de sagesse : c'est l'exécution des lois qui rend un peuple libre ou esclave. Il ne suffit pas de décréter des principes , il faut les appliquer avec prudence, avec discrétion, avec maturité. Pour assurer l'exécution des lois, il faut consulter le temps, les circonstances, les situations, et distinguer de l'opinion générale ces élans subits et passagers qui naissent du sein des orages politiques et du choc des intérêts et des passions. Pour remplir cet objet, important, une seule volonté doit avoir la plénitude de l'autorité pour exécuter les lois. Ce chef unique ne rencontrera ni obstacles, ni entraves; il aura en son pouvoir le fil qui dirigera ses opérations ; il appercevra le terme où il doit aboutir, et saura l'atteindre par ses propres forces ; il conduira au port le vaisseau de l'état, battu par les orages et les tempêtes : il ne sera point soumis aux caprices et aux volontés inconstantes des coopérateurs divisés dans leurs principes ; il ne craindra ni les efforts de l'opposition, ni les manœuvres de la jalousie, ni les soupçons de la méfiance : il sera pénétré de l'étendue de ses devoirs; il verra dans sa fidélité une récompense précieuse et honorable.

La force et l'unité du pouvoir exécutif mettront un frein à ces révolutions journalières qui

annoncent la faiblesse des lois, et les vices du gouvernement; elles affermiront la constitution, et la
défendront contre les provocateurs de l'anarchie,
et contre les sectateurs de la tyrannie. Le suprême
exécuteur des lois s'armera de la force militaire
pour s'opposer aux déchiremens de l'état, pour
réprimer ces républicains hypocrites, ces agita-
teurs sombres, ces intrigans corrompus qui, sous
prétexte de défendre la liberté, pervertissent l'esprit public, séduisent les peuples, sèment sous
leurs pas la confusion, les soupçons, les forfaits,
érigent en système et en devoir la rebellion, le
meurtre, et brisent les liens du corps social.

C'est dans le pouvoir exécutif que résident la
base et le principe de l'union sociale; c'est la chaîne
dont les deux extrémités doivent se correspondre
et se réunir pour entretenir la force et l'harmonie:
il est l'ame du gouvernement; il met en activité
toutes les parties de la machine politique; il en
fixe les rouages; il en suit la direction, en prescrit les limites, en règle le but, ordonne le mouvement et la marche des armées, paie les fonctionnaires publics; il vivifie le commerce, l'industrie, et toutes les branches éparses de l'admnis-
tration publique; il nomme les ambassadeurs, pénètre dans les cabinets des puissances étrangères,
connaît leurs systèmes et leurs opérations, en devine

les secrets ; il déclare la guerre, et fait la paix ; il purifie, pour ainsi dire, les institutions républicaines, et les fait tourner à l'utilité des peuples, et à la prospérité de l'empire. Si ces grands travaux, si ces fonctions importantes sont confiées à différentes mains, plus d'union, plus d'ordre, plus de force ; les anneaux de la chaîne sociale se détachent, se brisent ; les jalousies, l'ambition, l'amour-propre, les méfiances président dans les conseils ; la loi est suspendue ou marche sans activité et au hasard ; l'anarchie prépare la tyrannie, et la tyrannie prépare les fers de l'esclavage. Un centre unique de pouvoir prévient ces déchiremens et ces calamités ; vers lui se reportent tous ces rayons qui forment un faisceau de lumière ; c'est l'étincelle électrique qui se fait sentir en même temps aux deux extrémités de la chaîne : la loi, délivrée de ses entraves, parcourt paisiblement tous les points de la circonférence, et se rend à sa destination sans avoir été troublée dans sa marche ; alors elle éclaire les esprits et les consciences, fait chérir les devoirs qu'elle impose : c'est une rosée salutaire qui fertilise les campagnes et donne d'abondantes moissons.

En environnant le premier magistrat de la Ré-

publique d'une grande force, d'une grande confiance, d'un grand respect, il faut sans doute que l'opinion publique, qui est un jugement réfléchi sur ce
qui est fait, ou un jugement anticipé sur ce qui
est à faire, éclaire le gouvernement, et lui présente le vœu national; mais il faut que celui qui
exerce une grande autorité ne soit point exposé à
des dénonciations vagues, à des méfiances injustes, à des soupçons inquiets, et à des poursuites
judiciaires. Lorsque le premier magistrat est respecté, il est toujours juste; ce respect l'invite à
remplir les devoirs qui lui sont imposés: une censure amère, une calomnie, produit dans son amé
des inquiétudes, des agitations qui le forcent quelquefois à devenir tyran. On a montré une grande
sagesse en déclarant inviolable le premier magistrat de la République. Chargé de faire exécuter les
lois, et de surveiller toutes les parties de l'administration, il faut qu'il soit élevé au-dessus des
autres citoyens, pour que son action, qui tend toujours à l'ordre public, n'éprouve pas d'obstacles;
il faut qu'il imprime le respect qui fait aimer l'o-
béissance que la loi commande, et qu'il contienne
dans les limites constitutionnelles toutes les autorités secondaires qui ne tendent qu'à s'en écarter
ou à les franchir; il faut qu'il prévienne ou qu'il
réprime toutes les passions qui s'efforcent de con-

trarier le bien général ; qu'il tienne dans ses mains tous les ressorts du gouvernement tendus, et qu'il ne souffre pas qu'un seul se relâche. Pour remplir de si grands devoirs, il est nécessaire que le chef de la nation jouisse d'une grande puissance ; et, pour que cette puissance ait toute la liberté de son exercice, il faut qu'elle soit inviolable. Ce n'est point pour leurs chefs que les nations ont créé l'inviolabilité, c'est pour elles-mêmes, c'est pour leurs intérêts politiques, et pour leur propre tranquillité ; c'est pour affermir le règne des lois, et pour prévenir ces commotions terribles qui ébranlent et détruisent les empires. On a compris que le devoir des chefs des nations était au-dessus des forces humaines, et qu'entourés d'hommes agités par toutes les passions, et dirigés par des mouvemens divers, leurs erreurs et leurs faiblesses ne sont point leur ouvrage ; qu'il est de leur intérêt et de leur gloire de faire le bonheur des peuples qu'ils gouvernent ; et que leurs ministres sont seuls responsables du mal qu'ils font, et du bien qu'ils ne font pas. On a senti que, dans un temps de révolution, où toutes les passions sont déchaînées, l'autorité méconnue, et les lois outragées, il serait facile de trouver dans les chefs de l'état des prévarications, des crimes, et de soulever une multitude naturellement portée à s'insurger contre le gouvernement : voilà, dit un écrivain politique, la véritable origine de l'inviolabilité ; elle se perd dans la nuit des temps ; c'est sur cette base que reposent les véritables principes, les vérités simples que les nations se sont transmises d'âge en âge, et d'un commun accord : cette inviolabilité se rapporte à une considération importante. On a reconnu qu'il était impossible de faire juger celui qui exerce la plénitude du pouvoir exécutif, par des hommes dont l'impartialité fût certaine ; car, dans le cours d'une longue administration, le premier magistrat du peuple, duquel émane une infinité de décisions, à dû nécessairement blesser l'ambition , l'orgueil et l'intérêt de plusieurs hommes. Un chef du pouvoir exécutif dont on attaque l'administration par des dénonciations, et dans des libelles, réveille toutes les passions ; la haine prépare ses poignards, la calomnie ses poisons ; on forme des conciliabules secrets, des comités clandestins; le rang dont on veut le dépouiller excite l'ambition des uns , et nourrit les espérances des autres.

C'est une belle conception que celle d'avoir donné au premier magistrat de la République l'initiative des lois ; celui qui a en main les rênes du gouvernement, qui les dirige à son gré, qui, dans un centre commun, attire toutes les parties de l'administration, doit connaître les besoins du peuple, et employer tous les moyens pour parvenir à assurer son bonheur et sa liberté : il connaît les lois et les institutions qui conviennent à son caractère et à ses mœurs. Parmi les codes politiques qui ont illustré tant de nations, il n'en est point qui n'aient été le fruit des conceptions d'un seul homme. Minos donna des lois à la Crète, Zoroastre aux Perses, Confucius aux Chinois, Solon à Athènes, Lycurgue à Sparte, Numa aux Romains, Moïse aux Hébreux, Mahomet aux Arabes : leurs lois ont subsisté pendant des siècles, et les peuples qui y ont obéi ont été heureux et puissans. Le gouvernement qui a la pensée qui conçoit, l'ame qui dirige, la volonté qui exécute, est le plus beau et le plus utile de tous les gouvernemens.

Un génie sublime, qui s'élève par ses propres forces à de grandes conceptions, peut créer une nation, la conduire à la civilisation par des principes généraux de politique et de législation ; il peut lui donner des institutions et des lois conformes à son caractère, à ses mœurs, à ses préjugés, à sa situation ; il peut éclairer son esprit, perfectionner sa raison, et l'attacher aux idées de morale et aux opinions religieuses : c'est l'architecte qui crée le plan de l'édifice social, et en pose les fondemens ; c'est lui qui représente dans le système politique cette puissance mystérieuse qui, dans l'homme moral, réunit l'action à la volonté. Chargé de l'administration générale, il correspond avec toutes les parties de l'empire, reçoit les instructions de ses agens; il connaît l'opinion publique, il consulte le vœu national ; dirigé par de sages conseils, environné de publicistes et de savans, il propose au corps législatif des lois destinées au bonheur des peuples : s'il se trompe, le corps législatif lui montre ses erreurs, et lui communique de nouvelles lumières.

Un peuple peut être libre et heureux sans être son législateur. Il suffit, pour sa liberté et pour son bonheur, que ses représentans aient le droit d'accepter ou de rejeter celles qu'on lui propose. Lycurgue fut le législateur de Sparte, et Solon celui d'Athènes ; c'étaient pourtant des villes libres ; le peuple romain ne fit jamais de lois ; il acceptait ou refusait celles qu'on lui proposait. Une assemblée nombreuse d'hommes différens par leur caractère, leurs opinions, leurs principes, agités par des passions diverses, dirigés souvent par des motifs d'intérêt, ne peut, de son propre mouvement, donner de bonnes lois à un peuple nouveau, ou à une nation ancienne. Une assemblée agit plus par sentiment que par réflexion, et l'ouvrage des lois n'appartient qu'à la réflexion. Pour faire de bonnes lois, il faut des têtes froides et des cœurs purs. Toutes les passions se réunissent dans une assemblée nombreuse : de ce foyer sortent, éclatent l'orgueil, la haine, l'envie. L'homme calme et vertueux n'ose élever la voix ; il gémit dans le silence : l'homme ardent et pervers profite de cette faiblesse ; il n'a d'énergie, d'éloquence, que pour faire adopter ses projets d'injustice, et ses principes d'anarchie : au milieu de cette confusion, le scandale est dans le sanctuaire des lois, les législateurs perdent cette confiance dont ils ont besoin pour exercer les augustes fonctions qui leur ont été déléguées ; de là tant de lois inutiles, injustes, contradictoires, bizarres, obscures, précédées de préambules vains et dangereux : ces lois produisent des restrictions, des commentaires, qui en obscurcissent le sens, en arrêtent ou en suspendent l'exécution. Les lois les plus courtes se gravent plus profondément dans la mémoire et dans le cœur des hommes. Quand Moïse donna au peuple hébreu les tables de la loi, il les écrivit en dix articles ; et ces dix articles sont encore, après plus de trente siècles, les préceptes reli-

gieux et moraux les plus simples et les plus incontestables.

Les législateurs ne peuvent faire de bonnes
lois que dans la méditation et le silence; elles ne
seront chéries qu'autant qu'ils donneront le spectacle de l'union, de la sagesse et des vertus publiques. Si les pensées des philosophes, si les recherches des savans exigent le recueillement de
l'ame, et demandent toute l'attention dont l'homme
est susceptible, que sera-ce de la formation de la
loi, qui réunit les grandes combinaisons de l'esprit, l'observation exacte des faits les plus difficiles à analyser, et la solution des plus grands
problêmes de l'intelligence humaine? Comment
des législateurs rempliront-ils les devoirs qui leur
sont imposés, si, en formant la loi, ils sont au
milieu des passions sans que rien puisse arrêter
ce torrent dévastateur, si l'agitation de leur ame
s'accroît et se perpétue par tout ce qui fermente
autour d'eux ? Les législateurs de l'antiquité
fuyaient le tumulte des villes, et allaient dans la
retraite méditer les lois qu'ils devaient donner
aux peuples ; ils rompaient les nœuds qui les
liaient à la société, et n'avaient de commerce
qu'avec les dieux. C'est ainsi qu'un vaisseau battu
par la tempête se brise et s'ensevelit dans les flots;
au milieu d'une mer paisible, il se promène majestueusement, et arrive au port.

Le premier magistrat d'une république, chargé de faire sanctionner la loi qu'il propose, est pénétré de l'étendue et de la sainteté de ses devoirs; soumis à cette opinion publique dont il craint le jugement, il n'est point dominé par ces passions sombres qui agitent une assemblée nombreuse, et dont les membres ont des moyens multipliés pour échapper à la censure publique. Il sait que c'est dans sa fidélité, dans sa justice, que le peuple trouvera son bonheur, que sa reconnaissance et son amour seront la récompense et le prix de ses travaux. Dans ses profondes méditations, et loin du tumulte et des passions, il ne proposera que des lois justes et utiles; il sera l'interprète du vœu national; il ne parlera qu'un langage fier, noble, majestueux; ses expressions seront grandes et sublimes; et, comme le prêtre de l'ancienne loi, il portera sur sa poitrine l'emblême de la force et l'image de la vertu.

C'est dans la formation de la loi que le législateur a montré une grande sagesse. Des lois, rédigées et proposées par le gouvernement, discutées par les tribuns, présentées par les orateurs du tribunat et du conseil d'état, admises ou rejetées par le corps législatif, voilà le chef-d'œuvre de notre constitution. Le gouvernement fixe la pensée et rédige la loi; le tribunat pèse, discute et examine; le corps législatif juge : penser,

7

discuter et juger, voilà les trois actes qui font la loi ; lumières et connaissances profondes de toutes les parties de l'administration pour le premier ; conception facile, étendue, prompte, finesse exquise, éloquence forte, raisonnement solide pour le second ; attention soutenue, réflexion sévère, méditation sérieuse, maturité, et sagesse d'esprit pour le troisième : ainsi, le législateur a réuni par le travail le plus grand par son influence sur le sort des hommes, le plus imposant par ses effets sur la société, tous les efforts de l'esprit humain, toutes les combinaisons du génie, des lumières, des talens, de la raison, tout ce qui peut en un mot consolider les divers élémens de la machine politique.

On doit ici admirer le génie du législateur qui, par une sage prévoyance a limité à des époques déterminées les séances du corps législatif. Une assemblée permanente est un foyer perpétuel de tumulte et de désordre : un corps sans cesse délibérant tend à l'usurpation ou à la perte de son pouvoir ; les discussions dégénèrent en dissensions, et les débats en lutte scandaleuse ; les motions se succèdent rapidement et sans ordre, et la loi est discutée sans examen et sans réflexion. La multiplicité des lois leur ôte ce caractère sacré et solennel qui tient à l'importance et à la sûreté de

leur promulgation. Les législateurs eux-mêmes,
qui sont accoutumés à se voir, ne conservent point
ces respects et ces égards que doit inspirer l'exercice d'une grande autorité. Le peuple, fatigué de
voir ses législateurs occupés à des discussions longues et tumultueuses, perd toute confiance, toute
vénération, et regarde les lois comme l'ouvrage des
préjugés et des passions. Il y avait à Athènes quatre
grandes assemblées par mois : on s'occupait des
lois, de la religion, de la guerre et de la paix. Les
Lacédémoniens se rendaient dans une assemblée
générale pour statuer sur les grands objets de la
législation. A Rome, les comices n'avaient lieu
que pour des cas particuliers, tantôt par centuries,
tantôt par curies, et plus rarement par tribus ; le
sénat ne s'assemblait pas tous les jours. Les Vénitiens ne convoquaient leur sénat que dans des cas
urgens. En Pologne, les diètes ordinaires ne du-
raient que quinze jours, les diètes extraordinaires
ne pouvaient durer plus de six semaines. Le parlement d'Angleterre et le congrès américain ont
leurs sessions et leurs ajournemens.

———————

Le gouvernement veut s'environner des lumières, et demander les conseils des hommes instruits
dans la science de la politique et de la législation.

Il a créé un conseil d'état qui discute, examine les lois qu'il doit proposer au corps législatif. Les chefs des nations ont besoin d'un conseil qui soit le principe et le modérateur de leur action : tel est, dans le corps, cet esprit invisible qui pense, délibère, ordonne, et imprime un nouveau degré d'activité aux rouages de la machine politique. Il faut que ce conseil soit composé d'hommes sages, prudens, qui réunissent la moralité aux talens. C'est à la vigueur et à la sagesse de ce conseil que la prospérité de l'état est attachée ; c'est lui qui formera une masse redoutable de toutes les forces séparées, qui déterminera le besoin, le moment, et le degré de l'impulsion, qui créera, pressera, ou ralentira tous les mouvemens ; c'est lui qui interrogera le passé, étudiera le présent, calculera l'avenir, ordonnera aux événemens de naître ; il les suspendra, il les accélèrera ; il associera à la conservation et à la grandeur de l'état tous les êtres qui l'environnent ; il s'appliquera par des travaux constans à vivifier toutes les parties de l'administration ; il éclairera le premier magistrat de la République, et ne lui proposera que des lois utiles, et des réglemens salutaires.

Notre constitution renferme les véritables principes qui doivent régir les sociétés politiques ; la séparation des pouvoirs y est fixée d'une manière précise, et cette balance les contient dans leurs limites constitutionnelles. Le vœu national se transmet par des sources pures, et la volonté du peuple se manifeste sans secousse et sans confusion. Les lois proposées par le gouvernement, discutées par le tribunat, et adoptées par le corps législatif, reçoivent un caractère de maturité et de sagesse qui en assure l'exécution. Le pouvoir exécutif a un centre d'unité; il a été confié à un premier magistrat qui jouit de grandes prérogatives; il a été associé à la puissance législative ; il représente la nation dans les sublimes et augustes fonctions qu'il exerce. L'organisation judiciaire facilite et seconde l'action du pouvoir exécutif. Le premier consul nomme les juges ; nul terme n'est assigné à leurs fonctions. Des magistrats amovibles, incertains s'ils conserveront leur état, négligent l'étude des lois et de la jurisprudence ; ceux qui sont élus à perpétuité se livrent par goût et par intérêt à l'étude de cette science, qui doit faciliter leurs travaux et les rendre moins pénibles. Si l'on voulait analyser toutes les parties de notre constitution, on verrait qu'elles portent l'empreinte de la sagesse, de l'ordre et de la réflexion; mais c'est dans l'organisation du gouvernement que nous devons admirer le génie du législateur. Cette partie essentielle et nécessaire

de la constitution est un modèle de la sublimité
de la raison et de l'intelligence. Ce gouvernement
constitué devrait être le gouvernement de toutes
les nations et de tous les siècles. C'est sur cette
base immortelle que reposent la liberté des peuples et la prospérité des empires.

On n'a que des notions vagues et incertaines
sur la nature des gouvernemens, que l'on confond
souvent avec la constitution. Il est essentiel d'exposer quelques principes propres à éclairer sur
une matière que les publicistes ont ignorée, ou
qu'ils n'ont pas assez développée. Nous ne nous
arrêterons ni aux rêveries platoniques, ni aux
définitions d'Aristote, ni aux sophismes et aux
paradoxes de l'auteur du Contrat Social. Nos
principes seront fondés sur la raison et sur l'intérêt des peuples. Le gouvernement, dit un écrivain politique, est l'esprit de la constitution mis
en action, c'est l'instrument dont elle se sert pour
maintenir dans toutes les parties l'ordre établi par
les lois constitutionnelles. Le mode du gouvernement fait partie de la constitution, il n'en est sé-
paré que par le jeu de ses mouvemens qui constitue le pouvoir exécutif; mais il doit recevoir
de la constitution son principe de vie, et du corps
législatif son principe d'action. Le gouvernement
est le dépositaire de la force publique, l'exécuteur

suprême de la volonté nationale, le représentant immédiat du peuple ; c'est le fondement sur lequel repose l'édifice social. Il est souverain dans l'exercice de ses droits ; il partage la souveraineté avec les mandataires de la nation : le gouvernement, comme force, et comme source d'esprit public, est, pour les administrations en général, ce que le soleil, comme foyer de la chaleur universelle, est pour toute la terre ; il la rechauffe de ses rayons, et distribue un principe de fécondité dans toutes les parties du système végétal, pour animer et développer les germes qui reposent dans son sein.

J. J. Rousseau, dans son Contrat Social, chapitre des gouvernemens, admet des principes vrais et incontestables ; mais il en tire des conséquences fausses et dangereuses : cette étrange opposition le conduit à de grandes erreurs. Il dit : « Que « toute action libre a deux causes qui concourent « à la produire ; l'une morale, savoir, la volonté « qui détermine l'acte ; l'autre physique, savoir, la « puissance qui l'exécute. Qu'on distingue dans « le corps politique la force et la volonté, celle-ci « sous le nom de puissance législative, l'autre « sous le nom de puissance exécutive ; rien ne s'y « fait sans leur concours. » Cependant J. J. Rousseau concentre toute la souveraineté dans la puissance législative, et ne donne à la puissance exé-

cutrice qu'une ombre d'autorité. Si rien ne doit
se faire sans le concours de deux pouvoirs, si
l'un est la force, et l'autre la volonté, ils sont
donc égaux; et cette égalité doit nécessairement
partager la souveraineté. La puissance législative
vient du peuple; la puissance exécutive a la même
source : le peuple, à qui appartient tous les pouvoirs, les distribue et les délègue à l'un et à
l'autre. Il serait absurde de penser que le corps
législatif jouît seul de la souveraineté déléguée,
et que le pouvoir exécutif ne participât point
à cette souveraineté, puisque les lois ne doivent recevoir leur perfection que de sa sanction.
La volonté générale n'est rien sans la force destinée à la faire reconnaître et exécuter; c'est
le bloc de marbre que l'ouvrier tire de la mine,
mais que le statuaire sait embellir et perfectionner. La souveraineté consiste donc dans l'exercice
de la volonté générale et de la force publique,
qui ne doit se mouvoir qu'aux ordres du pouvoir
exécutif, ou du gouvernement. La souveraineté
réunit la volonté et la puissance du corps moral;
la volonté pour faire les lois, la puissance pour
les faire exécuter.

Rousseau pense que la puissance exécutrice ne
consiste qu'en des actes particuliers, qui ne sont
point du ressort de la loi, ni par conséquent de

celui du souverain, dont tous les actes ne peuvent être que des lois. Mais l'exécution de la loi est du ressort de la loi, puisque, sans cette exécution, il n'existe point de loi. Le célèbre Donatello venait de donner le dernier coup de ciseau à une figure : A présent, marche, s'écria-t-il, enthousiasmé de son ouvrage. La statue ne marcha point, parce qu'elle n'avait aucun principe de vie qui lui donnât le mouvement; voilà l'image d'une loi qui n'est point sanctionnée et exécutée par le gouvernement. Pygmalion anima sa statue ; voilà l'emblême de la loi entre les mains du pouvoir exécutif. Pour établir un juste équilibre, et donner à la loi sa force et sa vigueur, il faut que le chef de la nation soit associé à la puissance législative, et qu'il partage l'exercice de la souveraineté. Alors la force publique, comme l'observe Rousseau, doit avoir un agent qui la réunisse et la mette en œuvre, selon les directions de la volonté générale, qui fasse, en quelque façon, dans la personne publique, ce que fait, dans l'homme, l'union de l'ame et du corps.

Sans doute le gouvernement reçoit du corps législatif les ordres qu'il donne au peuple; mais c'est en qualité d'associé à la puissance souveraine qu'il reçoit les lois adoptées par l'autorité législative. Le pouvoir législatif les adresse au pouvoir exécutif comme souverain ; ce dernier les fait exécuter comme souverain et comme réprésentant la nation ; ce qui prouve la souveraineté et l'indépendance des pouvoirs.

Un gouvernement est plus utile qu'une constitution : des lois politiques et civiles peuvent régir les états ; mais il faut un gouvernement pour imprimer à ces lois un principe de mouvement et d'ordre. On peut bien concevoir un empire sans constitution, mais on ne peut pas le concevoir sans gouvernement.

Montesquieu admet trois espèces de gouvernemens ; le républicain, le monarchique et le despotique. Le gouvernement républicain, dit-il, est celui où le peuple en corps, ou seulement une partie du peuple, a la souveraine puissance ; le monarchique, où un roi gouverne, mais par des lois fixes et établies ; le despotique, celui où un seul gouverne, sans loi, et sans règle certaine, peut tout par sa volonté et son caprice.

Cette division des pouvoirs n'est ni claire ni exacte. Le despotisme est une corruption de gouvernement, et non un gouvernement lui-même ; c'est un état violent, une maladie politique, une confusion d'ordre, un principe désorganisateur qui substitue la force au droit, et qui produit tous les crimes de la tyrannie : alors il n'y a plus de gouvernemens, il n'y a plus de citoyens, ce sont des esclaves qui obéissent à leurs oppresseurs. Des hommes formés en société n'ont point voulu sans doute créer et se soumettre à un gouvernement despotique qui dispose à son gré de leur vie, de leur industrie, et de leurs propriétés; quand ils ont confié l'autorité à un seul, ils ne lui ont point donné le droit de les asservir à ses caprices tyranniques : s'il existait un pareil traité, il serait contraire à la nature, à la justice, et on pourrait l'anéantir les armes à la main.

On doit diviser les gouvernemens en deux espèces générales, le monarchique et le républicain, et diviser ensuite la première espèce en gouvernement illimité ou absolu, et en gouvernement limité, mixte ou représentatif, et la seconde espèce en gouvernement aristocratique et démocratique. Le gouvernement illimité ou absolu est celui où le chef, qui s'appelle roi ou empereur, comme en Danemarck et en Russie, réunit les pouvoirs législatif et exécutif; le gouvernement limité, mixte ou représentatif, est celui où, comme en Angleterre, le pouvoir législatif est exercé par les représentans de la nation, et le pouvoir exécutif par un chef qui est associé à la puissance législative : ces deux pouvoirs sont égaux, indépendans, et partagent l'exercice de la souveraineté nationale que le peuple leur a

déléguée. Comment appellerons-nous le gouvernement de la France et celui des États-Unis, dont le
premier consul et le président n'exercent le pouvoir
exécutif que pour un temps limité? Nous les appel-
lerons gouvernemens mixtes ou représentatifs,
quoique le président du congrès américain n'ait
qu'un *veto d'observation*, et qu'en France le
premier consul ait l'initiative des lois. Et c'est
ici qu'il ne faut point confondre la constitution
et le gouvernement. La constitution est l'acte fon-
damental qui fixe la séparation des pouvoirs, leur
combinaison, leur balance; le gouvernement est
le moyen et la force d'exécution; c'est, comme l'a
remarqué un publiciste, l'assemblage de mesure,
de protection, de garantie, dont le premier ouvrage est entouré. La constitution représente le
pouvoir créateur, le gouvernement est le pouvoir
conservateur. La constitution peut être républicaine, et le gouvernement mixte. La constitution est
républicaine, lorsqu'elle a créé un pouvoir législatif
qui est exercé par les représentans de la nation; le
gouvernement est mixte ou représentatif, lorsqu'il
existe dans l'état un être unique qui exerce le pouvoir exécutif, et qu'il sanctionne les lois, ou en a
l'initiative. La perpétuité ou l'amovibilité de ce
pouvoir, son hérédité ou son élection, n'en changent ni la nature, ni l'essence; ce gouvernement

est toujours mixte, parce qu'il n'y a aucune interruption dans son exercice.

En parlant des avantages du gouvernement d'un seul, nous ne prétendons parler que du gouvernement mixte ou représentatif; il est le plus ancien des gouvernemens : la puissance paternelle en a été la source et le modèle. Confucius pensait que l'autorité des pères était l'origine de la souveraineté, que l'administration d'un état était d'autant plus parfaite, qu'elle s'éloignait moins de l'administration paternelle. Voilà pourquoi ce législateur répétait souvent cette maxime, qu'en bien réglant sa famille, on parvenait à se rendre digne de bien régir un empire.

Lorsque les hommes dispersés se furent réunis en société, ils créèrent un pacte social et des lois; ils élirent un chef à qui ils confièrent le pouvoir de défendre leurs droits et leurs propriétés; ils lui promirent fidélité et obéissance : le chef promit protection, secours, sûreté, justice et liberté; le spectacle de l'univers leur donna le modèle du gouvernement qu'ils devaient établir; ils contemplèrent cet astre unique et éclatant qui répandait sa lumière et ses bienfaits sur l'univers, et ils comprirent qu'il fallait à un corps politique un centre de pouvoir et d'unité: ils portèrent leurs pensées plus loin; ils reconnurent qu'un Dieu avait créé l'univers, et prési-

dait à sa conservation: on vit donc qu'il fallait un
chef unique qui régit l'état, comme le soleil féconde
la nature, et comme un Dieu gouverne l'univers.
L'histoire ancienne ne nous parle que des rois,
des monarques, des patriarches qui donnaient des
lois à leurs petits états; la Grèce, l'Italie, les Gau-
lois, les Bretons, les Chinois, les Indiens, les
Perses, les Lacédémoniens avaient leurs rois; les
Africains avaient leurs chefs; les Américains leurs
incas et leurs caciques; les Arabes leurs cheics,
les Tartares leurs kans. Les gouvernemens d'un
seul ont produit les autres gouvernemens; la démocratie n'a d'autre origine que l'abus de l'autorité du chef, les secousses de la liberté opprimée,
ou l'usurpation de quelques hommes puissans.

De toutes les nations libres qui ont joué un rôle
brillant sur la terre, dit un savant publiciste, il
n'y en a pas une seule qui n'ait été forcée de subir
le gouvernement d'un seul; toutes, après avoir
étendu leur puissance et leur domination par la
sagesse de leur constitution, se sont trouvées dans
l'impossibilité de conserver les fruits de leurs victoires en suivant leurs anciennes maximes; toutes,
pour se dérober aux maux dont elles étaient la
proie, se sont vues dans la nécessité de se donner
un chef: car il est impossible qu'une nation libre
acquière de vastes connaissances, devienne riche

et puissante, sans le sacrifice d'une portion de sa liberté : ce gouvernement n'est ni la démocratie fougueuse d'Athènes, ni le régime monacal de Sparte, ni l'aristocratie patricienne ou l'effervescence plébéienne de Rome; il n'est ni le gouvernement absolu de la Prusse et du Danemarck, ni le despotisme de la Turquie : c'est un gouvernement sage qui approche le plus de la perfection ; c'est un état mitoyen pour l'homme entre la convulsion démocratique, l'abus du pouvoir sous le gouvernement illimité, et l'affaissement de l'humanité sous le despotisme.

Homère, Platon, Aristote, Sophocle, pensaient que le gouvernement d'un seul était le meilleur. La monarchie, c'est-à-dire le gouvernement mixte ou représentatif, convient aux grands états, dit J. J. Rousseau. Plus un empire est étendu, plus le pouvoir qui dispose de la force publique, dit M. Necker, doit avoir d'énergie ; et c'est avec raison que le pouvoir d'un seul, qui meut à l'instant tous les ressorts de la force nationale, convient spécialement à de grands pays entourés de voisins jaloux et puissans, et par conséquent toujours exposés à leurs invasions, si les moyens de les repousser n'avaient toute la force qu'il est possible de leur donner. Plus un empire est vaste, dit Mercier, plus il a besoin d'un principe d'unité ;

c'est-à-dire d'un seul chef, parce que les cris et les besoins des provinces éloignées demandent un prompt réparateur, armé de toute la force publique. Si les richesses qu'amènent le commerce se joignent à une grande population, l'union des parties devient encore plus nécessaire; tout y est tranquillé, et marche d'un pas égal : telle est l'harmonie des corps célestes, qui ne laisse jamais sentir l'impression du mouvement; mais, sans un chef souverain, le corps politique restera sans vie; lui seul peut se flatter d'amener par la douceur et la persuasion cette machine sans de trop rudes frottemens. Le gouvernement d'un seul, dit Nicolas Donato, l'emporte par la vigueur de l'exécution, par la grandeur des ressources dans les cas urgens, par la bonté de la discipline militaire, par la stabilité de la constitution. Sous le gouvernement d'un seul, Montesquieu pense que l'état est plus fixe; la constitution, plus inébranlable, suit le commandement avec la même promptitude d'exécution, que la flèche suit la volonté de celui qui la fait partir. La puissance suprême atteint par-tout avec la rapidité de la pensée, et se porte, pour ainsi dire, dans toutes les parties de l'empire, sans contradiction et sans obstacle ; de là cette unité dans les résolutions, cette célérité dans l'exécution, ce secret, cette

prévoyance, qui donne tant d'avantages au gouvernement d'un seul sur les autres gouvernemens.

Boulanger, cet écrivain qui nous a montré avec
des traits de feu les crimes de la tyrannie, dit que
le gouvernement qui a pour fondement l'unité du
pouvoir, doit être le plus sage et le plus heureux
de tous. Les principes d'un tel gouvernement sont
pris dans la nature de l'homme et de la planète
qu'il habite; il est fait pour la terre, comme une
république et une véritable théocratie ne sont
faites que pour le ciel, et comme le déspotisme
est fait pour les enfers. L'honneur et la raison, qui
lui ont donné l'être, sont les vrais mobiles de
l'homme; comme cette sublime vertu, dont les
républiques n'ont pu nous montrer que des rayons
passagers, sera le mobile constant des justes de
l'empire du ciel, et comme la crainte des états
despotiques sera l'unique mobile des méchans au
Tartare. C'est ce gouvernement qui seul a trouvé
les vrais moyens de nous faire jouir de toute la
liberté possible, et de tous les avantages dont
l'homme en société peut jouir sur la terre; il n'a
point été, comme les anciennes législations, en
chercher de chimériques, dont on ne peut constamment user, et dont on peut abuser sans cesse.

Ce gouvernement, continue Boulanger, doit donc

8

être regardé comme le chef-d'œuvre de la raison humaine, et comme le port où le genre humain, battu par la tempête, a trouvé la félicité.

J. J. Rousseau a voulu sans doute parler du gouvernement mixte, lorsqu'il a dit : « Archimède, « assis tranquillement sur le rivage, et tirant « sans peine à flot un grand vaisseau, me repré- « sente un monarque habile gouvernant de son « cabinet ses vastes états, et faisant tout mouvoir « en paraissant immobile. » Ce qu'il y a d'estimable dans ce gouvernement, pense un écrivain politique, c'est qu'il n'a point été la suite d'une législation particulière, ni d'un système médité; mais le fruit lent et tardif de la raison dégagée des préjugés antiques : il a été l'ouvrage de la nature, qui doit être regardée comme la législatrice et comme la loi fondamentale de cet heureux et sage gouvernement; c'est elle qui a donné une législation capable de suivre dans ses progrès le génie du genre humain, d'élever l'édifice social pour la prospérité des peuples.

On rapporte que les anciens Perses pratiquaient un usage bien ingénieux, pour convaincre le peuple de la bonté du gouvernement d'un seul, et de l'avantage de l'obéissance aux lois. A la mort de chacun de leurs souverains, on passait cinq jours dans l'anarchie, sans autorité, sans lois. La licence n'était ni réprimée alors, ni punie après; c'étaient des jours donnés à la vengeance, aux larcins, à la violence; cette épreuve faisait entrer avec joie sous l'obéissance du nouveau prince. A Rome, dans un danger pressant on nommait un dictateur, et, à la voix de ce magistrat superbe, les séditieux étaient réprimés et punis, à la tête des armées; il chassait les ennemis qui avaient violé le territoire de Rome.

Le gouvernement mixte ou représentatif est regardé comme le chef-d'œuvre de la raison et de l'esprit humain. Le chef de la nation obéit lui-même aux lois, puisqu'il est chargé de les faire exécuter; il est dans l'heureuse impuissance de faire le mal, et il a la liberté, le desir, et la volonté de faire le bien. Dans ce gouvernement les lois sont véritablement l'expression de la volonté générale; tous les citoyens y obéissent par amour et par intérêt; elles sont le principe et le gage de leur liberté et de leur bonheur. Dans un état gouverné par un chef, les divisions s'apaisent aisément, et les guerres civiles sont rares, parce qu'il a dans ses mains une puissance coercitive qui ramène les deux partis par la sagesse des lois, et par la force militaire : alors il inspire une crainte salutaire; les séditieux tremblent et obéissent, et tout rentre dans l'ordre. C'est ici qu'il faut plaindre ces écrivains qui disent que les factions entretiennent la vigilance et le courage, veillent autour de la statue de la liberté, et font des douceurs de la paix le privilége exclusif de la servitude. Les factions l'abattent, et, une fois renversée, aucune main n'ose la relever, parce qu'alors il n'y a ni vertu, ni justice : on est fait pour devenir esclave. Les factions conduisent le peuple à l'anarchie, de l'anarchie à la corruption, de la corruption à l'esclavage.

On a souvent agité la question importante de la meilleure forme de gouvernement qui convient à un peuple ; presque tous les gouvernemens portent en eux le principe de leur destruction. L'excès du pouvoir produit la tyrannie ; l'abus de la liberté produit la licence. Si l'autorité est concentrée, elle est sans doute plus active et plus forte ; mais elle peut devenir dangereuse. Est-elle partagée ? elle s'affaiblit. Des ressorts multipliés et compliqués arrêtent la marche des lois ; on est tour à tour libre et esclave, oppresseur et opprimé. Pour décider de la bonté d'un gouvernement, il faut considérer le peuple qui y obéit ; alors on peut juger de l'excellence de ce gouvernement par son influence sur les mœurs et sur le bonheur public. Si on voit un peuple heureux, alors il est libre, alors son gouvernement est digne d'admiration. Fixez vos regards sur le peuple et sur la contrée qu'il habite; si les campagnes sont florissantes et les champs cultivés, si la joie règne dans les fêtes champêtres; si dans les villes le peuple travaille, et chante au milieu de ses travaux, s'il aime son gouvernement; s'il obéit aux lois, s'il respecte ses pontifes et ses magistrats, s'il paie ses contributions, si les mœurs publiques sont pures; si tous les citoyens sont unis par les liens de la paix et de la confiance, alors bénissez cette heureuse nation, et n'allez point disserter sur la forme du gouvernement qui la régit. Croyez qu'elle a de bonnes lois et de sages institutions, et que le bonheur dont elle jouit assure sa liberté. Mais si un peuple, au milieu de ses assemblées primaires, et dans l'exercice de sa souveraineté, est sombre, triste; s'il quitte ses ateliers et ses travaux pour aller s'instruire de ses droits, si, en parlant de l'égalité, il viole les lois de la propriété, et si l'état est sans cesse troublé par des factions anarchiques, alors redoutez ce gouvernement, il porte un germe de dissolution, plaignez ce peuple qui se croit libre au milieu de ses chaînes, instruisez-le; donnez-lui des lois sages; régénérez ses mœurs, et forcez-le à l'obéissance et au respect qu'il doit à son premier magistrat et à ses représentans.

Alors il goûtera les fruits purs de la liberté, et il trouvera son bonheur dans sa soumission aux lois, et dans la pratique de ses devoirs.

Il nous paraît cependant que le gouvernement mixte ou représentatif est celui qui convient à tous les états. Dans ce gouvernement le peuple connaît ses droits et ses devoirs ; il conserve les uns, et remplit les autres. Ne pouvant exercer la souveraineté, il la délègue, il la partage entre ses représentans et le chef chargé d'exercer le pouvoir exécutif. Ce gouvernement n'est point un corps intermédiaire entre les sujets et le souverain. Ce sont deux puissances égales en autorité, l'une dans la confection des lois, l'autre dans leur sanction, et, dans leur exécution, l'une a la volonté, l'autre la force.

Un bon gouvernement est celui où l'on voit la balance et la combinaison de trois pouvoirs, où il y a un centre d'unité de puissance, et où le pouvoir exécutif est exercé par un seul chef. Le gouvernement est mauvais lorsque les pouvoirs se confondent ou se concentrent dans les mêmes mains, et lorsque plusieurs exercent la puissance exécutrice. Alors les autorités sont sans démarcation, les droits sans garantie, les forces sans équilibre, les mouvemens sans direction, les lois sans justice, la liberté sans frein. On ne voit point cette corruption et ces désordres dans un gouvernement mixte, parce que la balance et l'équilibre des pouvoirs existent. La puissance législative ne peut pas étendre ses droits, ni sortir du cercle constitutionnel qui lui est tracé; le pouvoir exécutif la forcerait à rentrer dans les limites qui lui sont prescrites. Le pouvoir exécutif ne peut devenir ni tyran, ni usurpateur, parce que le pouvoir législatif, par une force morale supérieure à la force physique, s'opposerait à sa tyrannie et à ses usurpations.

Les publicistes ont pensé qu'un même gouvernement ne peut pas convenir à tous les peuples distingués par des climats, des mœurs, des opinions, des besoins divers. Il est impossible, disent-ils, qu'une même façon de gouverner puisse convenir à toutes les nations. Nous croyons que c'est une erreur; et c'est une grande vérité que nous avons proclamée, lorsque nous avons dit que le gouvernement français convient à tous les peuples. Les principes d'ordre, de liberté, de justice, sont toujours les mêmes, et ne varient point au gré des événemens et des passions des hommes. Les maximes de la politique et de la législation changent souvent les usages et les institutions des peuples; mais la justice et la morale sont invariables, elles sont de tous les temps et de tous les

lieux; elles doivent régir les sociétés politiques ,
puisqu'elles tendent au bonheur et à la liberté des
peuples. Si un gouvernement rend l'habitant des
pôles heureux et libre, pourquoi ne procurerait-il
pas les mêmes avantages aux nations qui vivent
sous l'équateur ? Peut-on dire , avec l'auteur de
l'esprit des lois, observe Filangery, que c'est le
climat qui rend la liberté plus chère aux peuples
du nord, qu'aux peuples du midi, lorsqu'on voit
le despotisme placer également son trône sur les
sables brûlans de la Lybie, et dans les forêts glacées
du septentrion , dans les plaines fertiles de l'In-
dostan, et dans les déserts de la Scythie? Croit-
on que la liberté soit exclusivement créée pour
les septentrionaux, lorsqu'on voit la féodalité étendre ses racines dans la Russie , la Suède, le Danemarck , la Hongrie , la Pologne , et presque
dans toute l'Europe? Croira-t-on que le climat
condamne l'homme à la servitude, lorsqu'on voit
l'Arabe vagabond se dérober pendant tant de siècles au joug du despotisme qui opprime à côté de
lui le Persan , l'Égyptien et l'Africain ; lorsqu'on
voit sous le même parallèle le Tartare indépen-
dant, et le Sibérien esclave?

Qu'a de commun la stérilité ou la fertilité du
climat, avec les lois fondamentales et constituti-
ves qui doivent régir les sociétés politiques ? Le

bonheur et la liberté des peuples sont indépendans des lois de la nature. Le physique ne peut
rien ici sur le moral. Les hommes de toutes les
contrées et de tous les climats sont destinés à
être heureux ; s'ils sont esclaves et malheureux,
c'est l'ouvrage de leurs passions, de leurs lois,
de leurs institutions : autrement, Dieu serait l'auteur du mal, et aurait créé l'homme pour le livrer
à la corruption et à l'esclavage.

Les opérations de la nature varient : un terrain
fécondé par la chaleur du soleil produira un fruit
qui ne pourra point croître sur un terrain couvert
de glaces et de frimas ; mais il n'en est pas
ainsi de l'ordre social. Un bon gouvernement convient à l'Africain, à l'Européen, à tous les peuples. Sans doute, ils ne sont pas tous égaux par
la force, les lumières et la raison. Les uns sont
éclairés par les sciences, les autres sont plongés
dans les ténèbres de l'ignorance ; mais tous peuvent être libres et heureux s'ils sont régis par de
bonnes lois, et s'ils observent ces principes d'ordre
et de justice, conservateurs des sociétés politiques.
La liberté est à la portée de tous les peuples, malgré l'opinion de J. J. Rousseau et de Montesquieu.
Donnez de bonnes lois aux nations asiatiques qui
gémissent sous le joug du despotisme, et vous
verrez bientôt ces peuples briser leurs fers, et

jouir des bienfaits de la liberté, bientôt les lumières dissiperont l'ignorance et les erreurs ; ils n'auront plus les vices des esclaves, ils auront la dignité de l'homme libre, et les vertus de l'homme civilisé : cette régénération sera l'ouvrage d'un législateur habile qui saura leur donner un gouvernement fondé sur les principes d'ordre et de justice.

Le gouvernement de la France est le fruit d'un système heureux, où les regards des observateurs aiment à suivre les traces du génie qui a présidé à la formation de cette société politique. Le philosophe, l'ami de l'humanité, admire et contemple avec un respect religieux cet ouvrage de la raison et de la sagesse ; mais les institutions humaines les plus sages présentent toujours quelques imperfections. Les hommes les plus grands dans leurs pensées, les plus sublimes dans leurs conceptions, sont soumis à l'empire de l'erreur, et le génie, au milieu de sa gloire et de sa grandeur, montre quelquefois ses faiblesses. Il n'appartient qu'à Dieu, source de toute justice et de toute vérité, de faire un ouvrage parfait. Le temps qui mûrit les conceptions, qui étend les bornes des connaissances humaines, qui détruit les erreurs et les préjugés, et qui réunit toutes les vérités et tous les principes vers un centre commun, perfectionnera le pacte social qui nous régit; de nouvelles lumières viendront éclairer le génie, agrandir les connaissances des publicistes, détruire les prestiges des théories démocratiques proclamées par des hommes ignorans ou factieux, et diminuer ces ressorts de la machine politique qui en arrêtent ou en suspendent peut-être l'activité et le mouvement; un centre de pouvoir exécutif, moins resserré et plus étendu, donnera au gouvernement une nouvelle force, lui imprimera un nouveau principe de vie qui en assurera la durée, éloignera les dangers de l'anarchie qui pourraient éclater à chaque élection de la suprême magistrature de la République.

L'Autriche viole le traité de Campo-Formio; elle refuse d'évacuer toutes les parties comprises entre le Tirol et le Mein. Cent mille Autrichiens sont armés pour reprendre les hostilités; la cour de Vienne envoie des armées pour soulever l'Helvétie, pour s'en emparer; elle insulte l'ambassadeur français, et fomente une coalition contre la France, appelle à son secours les Russes, épuise tous les moyens de l'intrigue pour engager la Prusse à quitter son système de neutralité, demande des subsides à l'Angleterre, fait un traité avec la Porte;

et veut armer l'Europe pour détruire la constitution et le gouvernement français. Déjà Massena, obligé de lutter contre des armées supérieures, s'enferme dans Gènes après avoir donné des preuves de sa valeur et de son courage. Tout annonçait la perte de l'Italie ; mais le génie de Bonaparte veille sur ses destinées. Une armée de réserve de cinquante mille hommes est formée ; le brave Berthier la commande, et Bonaparte la suit. Il part, il franchit ce mont Saint-Bernard qui passe pour le point le plus élevé de l'ancien monde, où l'homme ait osé fixer sa demeure ; séjour horrible! il y règne un hiver éternel ; l'œil du voyageur, ébloui par l'éclat de la neige, cherche inutilement un morceau de verdure sur lequel il puisse se reposer ; il ne rencontre pas un arbre, pas un arbuste, pas une plante ; parvenu à une certaine hauteur, il paraît seul, les nuages tombent à ses pieds, il n'apperçoit devant lui que des masses de neige groupées les unes sur les autres, et qui se perdent dans les nues ; il n'entend que le bruit des avalanches qui se précipitent avec un fracas épouvantable.

Bonaparte fait transporter une artillerie immense au milieu des neiges et des frimas ; il se repose un moment pour contempler avec respect et avec attendrissement ces pieux anachorètes qui, au sommet des montagnes désertes et glacées, observent les lois sacrées de l'hospitalité, et soulagent l'humanité souffrante. Bonaparte passe les Alpes, brave les dangers, et surmonte les obstacles; il pénètre dans le Piémont, s'empare d'Aost et de Châtillon. Berthier fait le siége de Bar, que la nature, sans le secours de l'art, semblait avoir rendu imprenable, l'attaque, et s'empare d'Yvrée. Le général Lasne bat l'ennemi à Romagno. Thureau livre un combat aux Autrichiens, remporte une victoire éclatante, et s'empare de Suze et de la Brunette. Le général Murat entre dans Vercelli; et les villes de Santhia, Crescentino, Biella, Trino, Masserano, ouvrent les portes aux vainqueurs. Bonaparte dirigea toutes les opérations de l'armée. Le général Béthancourt traverse le Simplon, s'empare de Domo et de Dossala. Le général Moncey passe le mont Gothard, et la légion cisalpine, forte de deux mille hommes, se rend à Varello sur le mont Rosa. Ce vaste plan et ces savantes manœuvres furent conçues, dirigées, et exécutées par le génie de Bonaparte.

Le général Murat s'empara de Novare; il passa le Tésin, et força l'ennemi de se replier sur Tubigo, où le général Monnier l'attaqua, et emporta le village à la baïonnette. Murat s'empara de Bufarola. Bonaparte entra dans Milan aux acclamations d'un peuple immense qui revoit son libérateur. Des actions de graces furent rendues au ciel. Un *Te Deum* fut chanté; Bonaparte y assista. Dans une lettre qu'il écrivit aux deux consuls, il leur dit : *Malgré ce qu'en pourront dire les athées de Paris , j'assisterai demain à un* Te Deum *qui sera chanté dans la métropole de cette ville.* Paroles précieuses et consolantes que l'histoire aimera à recueillir, et qui attestent que Bonaparte reconnaît, bénit et adore cette divine providence qui distribue ses dons à quelques hommes privilégiés, pour décorer l'univers, et pour orner les siècles. C'est elle qui forme les héros et les guerriers, leur accorde la palme de la victoire, fixe le sort des batailles, affermit, ébranle, détruit les empires, et donne aux peuples des chefs pour les gouverner. Admirons les vertus religieuses de Bonaparte; elles méritent d'être racontées à toute la terre.

Bonaparte publia une proclamation pleine de sagesse et de modération, dans laquelle il invita le peuple cisalpin à l'oubli de toutes les querelles, afin qu'il n'existât chez lui qu'un seul desir, celui de consolider un état libre et fort. Il assura ne vouloir reconnaître pour amis de la liberté que ceux qui sauraient obéir aux lois , éteindre les haines, honorer le malheur. Il composa un gou-

vernement provisoire des citoyens les plus respectables et les plus éclairés de Milan. Il promit de
rétablir la république sur les bases fixes de la religion et du bon ordre, aussitôt que son territoire
serait délivré de l'ennemi. Cette sagesse, cette
humanité, cette justice, lui ont obtenu une grande
récompense. L'amour se réunit au respect, l'admiration aux hommages, et les bénédictions à la
reconnaissance. Si les monumens publics se sont
élevés pour consacrer et immortaliser la gloire de
Bonaparte, tous les cœurs se sont ouverts pour y
graver ses vertus.

Pavie tombe au pouvoir des Français; le général
Duhesme s'empara de Lodi et de tous ses magasins,
et la légion cisalpine de Cassano. Le général Mélas, commandant l'armée autrichienne, veut con-
centrer ses troupes dans les places fortes du Piémont; l'armée française marcha à sa rencontre.
Le général Moncey pénétra dans Plaisance, et
l'armée passa le Pô, après avoir culbuté et mis
en déroute l'ennemi. Bonaparte fit la proclamation suivante à l'armée : « Soldats, un de nos dé-
« partemens était au pouvoir de l'ennemi; la cons-
« ternation était dans tout le midi de la France ; la
« plus grande partie du territoire ligurien, la plus
« fidelle amie de la République, était envahie. La
« république cisalpine, anéantie dès la campagne

« passée, était devenue le jouet du grotesque ré-
« gime féodal. Soldats, vous marchez, et déjà le
« territoire français est délivré; la joie et l'espé-
« rance succèdent dans notre patrie à la conster-
« nation et à la crainte; vous rendez la liberté et
« l'indépendance au peuple de Gènes; il sera pour
« toujours délivré de ses éternels ennemis; vous
« êtes dans la capitale de la Cisalpine; l'ennemi
« épouvanté n'aspire plus qu'à regagner ses fron-
« tières; vous lui avez enlevé ses hôpitaux, ses
« magasins, ses parcs de réserve. Le premier
« acte de la campagne est terminé. Des millions
« d'hommes, vous l'entendez tous les jours, vous
« adressent des actes de reconnaissance ; mais
« aura-t-on donc impunément violé le territoire
« français ? Laisserez-vous retourner dans ses
« foyers l'armée qui a porté l'alarme dans vos fa-
« milles ? Vous courrez aux armes ! Hé bien,
« marchez à sa rencontre; opposez-vous à sa re-
« traite ; arrachez-lui des lauriers dont elle s'est
« emparée, et, par là, apprenez au monde que la
« malédiction du destin est sur les insensés qui
« osent insulter le territoire d'un grand peuple.
« Le résultat de tous nos efforts sera *gloire*
« *sans nuage, paix solide.* »

Bonaparte fit ses dispositions pour livrer à
Mélas une bataille générale et décisive. L'armée

se rangea en bataille, et le combat s'engagea. Le choc fut terrible, et le carnage affreux. Les Autrichiens se croyaient vainqueurs; mais le général Watrin arriva, et les choses changèrent bientôt de face. Toute l'armée s'ébranla; l'ennemi fuit comme un torrent qui l'entraîne. La terre fut couverte de morts et de mourans; six mille Autrichiens furent faits prisonniers. C'est dans les plaines de Montebello que Mélas apprit quels étaient les soldats qu'il avait à combattre. Cette bataille porta l'épouvante et le découragement dans le conseil de Vienne.

L'Autriche réunit ses forces, et ordonna de livrer une bataille générale. L'action s'engage; l'aile gauche de l'armée française chancelle; l'infanterie commençait à se retirer en désordre, et la cavalerie était vivement repoussée. Bonaparte arrive, ranime la confiance et la valeur du soldat; nos phalanges se pressent, se serrent, et présentent un aspect imposant. Les Autrichiens se rallient, et combattent vaillamment. Tout paraissait annoncer la déroute de notre armée; le champ de bataille était couvert de morts et de mourans. En voyant les blessés, Bonaparte s'écria avec l'accent de la douleur : « On regrette de n'être « pas blessé comme eux, et de ne pas partager « leurs douleurs; allons, braves militaires, dé-

9

« ployez vos drapeaux; voici le moment de vous
« signaler : je compte sur votre courage pour ven-
« ger vos camarades. » Un tiers de l'armée était
hors de combat. Berthier annonce à Bonaparte
que l'armée pliait, et que la déroute commençait.
Il lui répondit : *Vous ne m'annoncez pas cela
de sang froid.* Au milieu de cette confusion,
Bonaparte donne ses ordres avec ce sang froid
qui caractérise le véritable héros : il commande
en général, et combat en soldat; il voit les obstacles et les dangers, il n'en est point effrayé; s'ils
se multiplient, c'est pour augmenter sa gloire, et
donner un nouveau prix à son courage. Par-tout
il voit la mort, et le glaive meurtrier est suspendu sur sa tête; il ramasse toutes les forces de
son ame, et aussitôt son génie lui répond de la
fortune. Il parcourt les rangs; il porte ces regards
perçans et rapides qui règlent les événemens, et
fixent les destinées. *Soldats!* s'écrie-t-il, *souvenez-vous que mon habitude est de cou-
cher sur le champ de bataille !* Il inspire
cette valeur, cet enthousiasme, cette confiance
qui précèdent et enfantent les grands succès; il
est habile à saisir avec tranquillité ces instans rapides qui décident des victoires, et il enchaîne à
son char cette fortune heureuse qui paraissait
vouloir s'en détacher. Le signal de la victoire est

donné ; ce terrible pas de charge , qui relève le courage et l'espoir , se fait entendre ; tous les corps s'ébranlent ; les phalanges françaises renversent les bataillons autrichiens ; le glaive exterminateur immole ses victimes ; l'artillerie vomit la mort ; les ennemis sont écrasés ; les cris des vainqueurs portent par-tout l'épouvante et l'effroi. Desaix se laisse entraîner par sa valeur ; il saute les fossés , franchit les haies , renverse tout ce qui s'oppose à son passage. Le général Murat fait des prodiges de valeur. Kellermann fils , fait mettre bas les armes à six mille Hongrois , et fait prisonnier le général Zag , chef de l'état-major. C'est au moment de son triomphe que Desaix est atteint d'une balle mortelle. Avant d'expirer , il dit au jeune Lebrun : *Allez dire au premier consul que le regret que j'ai est de n'avoir pas assez fait pour la patrie !* A ces mots Bonaparte se recueille dans sa douleur : *Pourquoi ne m'est-il pas permis* , dit-il , *de pleurer !* La France perd un héros, et un citoyen. Doux, modeste, désintéressé , Desaix s'était formé à l'école de Moreau , dont il avait long-temps commandé l'avant-garde de l'armée du Rhin. Il eut une part brillante à cette fameuse retraite que cette armée fit de la Bavière à Strasbourg , et à la belle défense de Kell. Passé en Égypte avec Bonaparte,

il conquit avec une poignée de troupes le Saïd,
et sut contenir, au-delà des cataractes, les débris
turbulens des Mamelucks. Il mourut estimé de
tous les partis, honoré de l'ennemi, et pleuré de
ses amis.

Cette mort enflamma d'une nouvelle ardeur
les soldats que Desaix commandait. Tous, brûlant de le venger, se précipitent avec fureur dans
les phalanges ennemies ; elles se replient avec précipitation, et arrivent en désordre sur le pont de
la Bormida. On se battit pendant une heure dans
les ténèbres; la nuit seule sauva les débris de l'armée autrichienne. Jamais combat ne fut plus
meurtrier ; jamais victoire ne fut disputée avec
plus de fureur. Les ennemis perdirent dans cette
journée sanglante douze drapeaux, vingt-six
pièces de canon, treize mille hommes, dont trois-
mille tués, trois mille blessés, et sept mille
prisonniers, sept généraux autrichiens furent
au nombre de ces derniers. Cette bataille de
Marengo fixa les destinées de l'Italie, sauva le
midi d'une invasion, et la France peut-être
d'une dévastation; elle prépara la paix, et apprit
à l'Europe que les armées françaises, commandées
par un chef intrépide, étaient invincibles. Nulle
campagne ne fut plus brillante, ni plus rapide. On
croit se retrouver aux temps les plus merveilleux

de l'histoire ancienne; et l'imagination n'aurait pu concevoir ce qui s'est exécuté en si peu de temps.

Les grandes batailles, semblables aux tremblemens de terre, donnent presque toujours de violentes secousses aux états; et plus le choc a été terrible, et plus l'ébranlement s'étend et se communique au loin. Toutes les places de la Lombardie et du Piémont, Gènes, tombèrent au pouvoir des vainqueurs. La cour de Vienne trembla, et l'empereur chancela sur son trône. Le général Mélas voulut sauver la monarchie autrichienne, il fit demander aux avant-postes français qu'il lui fût permis d'envoyer au quartier - général pour traiter d'une suspension d'armes. Le vainqueur, modeste au milieu de ses triomphes, accepta le signe de la réconciliation. Il n'a jamais été aussi grand, aussi magnanime, que lorsqu'il a entrelacé l'olivier de la paix parmi les lauriers qui ombragent son front. Les généraux en chef des armées françaises et impériales concluent un armistice et suspension d'hostilités. Alexandrie, Tortone, Turin, Plaisance, Pizzigitone, Coni, Céva, Savone, Gènes, le fort Urbin, sont remis aux Français. Bonaparte retourna à Milan; il consacra ses travaux à réorganiser la république cisalpine, créa une consulte chargée de préparer cette organisation, et de rédiger les lois et les réglemens relatifs aux différentes

branches de l'administration. Il établit dans
Milan un ministre extraordinaire chargé de toutes les relations avec le gouvernement français.
Il assura à la république cisalpine sa force et
son indépendance. Il recommanda au peuple
milanais la tolérance, la paix, la concorde,
et l'exercice de toutes les vertus publiques.
Il pourvut à l'administration du Piémont, jusqu'à l'organisation définitive de son gouvernement.

Bonaparte quitta l'Italie, et arriva à Lyon aux
acclamations d'un peuple immense. Il vit et il gémit sur les ruines qui couvraient cette ville jadis
si riche et si superbe. « Ces ruines vous fatiguent,
« dit-il, au préfet Verninac ; j'en effacerai le sou-
« venir amer. » Bonaparte arrive à Paris ; il reçoit
les hommages, l'amour, le respect, et la reconnaissance de la nation. En voyant les consuls, il
leur dit : « Citoyens, nous revoilà donc ? eh bien!
« avez-vous fait bien de l'ouvrage depuis que je
« vous ai quittés ? » Vingt bouches lui répétèrent
à la fois : « Pas autant que vous, général! » Bonaparte s'appliqua à récompenser les soldats qui
avaient combattu comme des héros, et flétrit de
la verge du mépris les lâches qui s'étaient désho-
norés, et avaient souillé le nom français.

Moreau, commandant l'armée du Rhin, faisait des prodiges de valeur, et étonnait l'Europe par ses victoires et ses conquêtes. La victoire de Hohenlenden sera comptée par l'histoire au nombre des plus belles journées qui aient illustré la valeur française. Moreau est aux portes de Vienne. Le prince Charles demande une suspension d'armes, qui lui est accordée. Il fut ensuite signé des préliminaires de paix par le ministre des relations extérieures, et le comte de Saint-Julien, chargé des pouvoirs de l'empereur; mais les intrigues de la faction ennemie de la paix, qui dominait encore dans le cabinet de Vienne, forcèrent l'empereur à refuser de ratifier ce traité. Moreau fut chargé de continuer ses conquêtes, si, dans vingt-quatre heures, les préliminaires de la paix n'étaient point ratifiés. Moreau annonce ses ordres au prince Charles, en lui ajoutant que, si l'empereur avait besoin d'explication ultérieure, il devait remettre à l'armée française les trois places d'Ulm, d'Ingolstad et de Philisbourg. Ainsi les principes du gouvernement français étaient modération dans les conditions, mais ferme résolution de pacifier promptement le continent. Les mesures les plus vigoureuses furent prises pour parvenir à cette

heureuse pacification. Moreau s'empare de la
Bohême, et menace Vienne. L'empereur demande une suspension d'armes, qui lui est accordée, et remet à l'armée française Ulm, Ingolstad
et Philisbourg.

———————

Un congrés fut établi à Lunéville, pour fixer
les bases d'un traité de paix juste et solide. L'empereur nomma pour son ministre plénipotentiaire
le comte de Cobentzel, distingué par ses connaissances et par sa probité, et le gouvernement français le citoyen Joseph Bonaparte, qui a montré
dans sa carrière diplomatique cette sagesse, ces
vues grandes et saines, cette politique franche et
loyale, qui ont étonné ces hommes qui ont fait de
cette science une étude longue et réfléchie.

———————

Enfin la paix vint consoler la terre des
malheurs de la guerre. Par ce traité, l'Autriche
perd les Pays-Bas, la Lombardie et la Toscane : elle se retire derrière l'Adige en Italie,
et cède le Brisgaw en Allemagne ; mais elle acquiert la plus grande et la plus belle partie de
l'état de Venise. Elle est indemnisée de la perte

de la Toscane ; et, par l'ordre de succession établi il y a trente ans , le Brisgaw, remplaçant Modène , revient à une branche de sa maison. Le
message des consuls au corps législatif s'exprime
ainsi : « La paix du continent a été signée à Lu-
« néville ; elle est telle que le voulait le peuple
« français ; son premier vœu fut la limite du
« Rhin ; des revers n'avaient point ébranlé sa
« volonté ; des victoires n'ont point dû ajouter à
« ses prétentions.

« Après avoir replacé les anciennes limites de
« la Gaule , il devait rendre à la liberté des peu-
« ples qui lui étaient unis par une commune ori-
« gine , par le rapport des intérêts et des mœurs.
« La liberté de la Cisalpine et de la Ligurie est
« assurée. Après ce devoir , il en était un autre
« que lui imposaient la justice et la générosité.
« Le roi d'Espagne a été fidèle à notre cause et
« a souffert pour elle. Ni les revers , ni les insi-
« nuations perfides de nos ennemis, n'ont pu le
« détacher de nos intérêts ; il sera payé d'un juste
« retour : un prince de son sang va s'asseoir sur
« le trône de Toscane. Il se souviendra qu'il le
« doit à la fidélité de l'Espagne et à l'amitié de
« la France. Ses rades et ses ports seront fermés
« à nos ennemis, et deviendront l'asile de notre
« commerce et de nos vaisseaux. L'Autriche, et

« c'est là qu'est le gage de la paix, l'Autriche,
« séparée désormais de la France par de vastes
« régions, ne connaîtra plus ces rivalités, ces
« ombrages, qui depuis tant de siècles ont fait le
« tourment de ces deux puissances, et les cala-
« mités de l'Europe. Par ce traité, tout est fini
« pour la France ; elle n'aura plus à lutter contre
« les formes et les intrigues d'un congrès.

. « Le gouvernement doit un témoignage de sa-
« tisfaction au ministre plénipotentiaire qui a con-
« duit cette négociation à cet heureux terme ; il
« ne reste ni interprétation à craindre, ni de ces
« dispositions équivoques dans lesquelles l'art de
« la diplomatie dépose le germe d'une guerre nou-
« velle.

« Pourquoi faut-il que ce traité ne soit pas le
« traité de la paix générale ? C'était le vœu de la
« France, c'était l'objet constant des efforts du
« gouvernement ; mais tous ses efforts ont été
« vains ; l'Europe sait tout ce que le ministère
« britannique a tenté pour faire échouer les né-
« gociations de Lunéville. En vain un agent auto-
« risé par le gouvernement lui déclara, le 9 oc-
« tobre 1800, que la France était prête à entrer
« avec lui dans une négociation séparée. Cette
« déclaration n'obtint que des refus, sous le pré-
« texte que l'Angleterre ne pouvait abandonner

« son allié. Depuis que cet allié a consenti à trai-
« ter sans l'Angleterre, ce gouvernement cherche
« d'autres moyens d'éloigner une paix si néces-
« saire au monde. Il viole des conventions que
« l'humanité avait consacrées, et déclare la guerre
« à de misérables pêcheurs. Il élève des préten-
« tions contraires à la dignité et aux droits de
« toutes les nations. Tout le commerce de l'Asie,
« et des colonies immenses, ne suffisent plus à
« son ambition; il faut que toutes les mers soient
« soumises à la souveraineté exclusive de l'An-
« gleterre. Il arme contre la Russie, le Dane-
« marck et la Suède, parce que la Russie, la
« Suède et le Danemarck, ont assuré, par des
« traités de garantie, leur souveraineté, et l'in-
« dépendance de leurs pavillons. Les puissances
« du nord, injustement attaquées, ont droit de
« compter sur la France. Le gouvernement fran-
« çais vengera avec elles une injure commune
« avec toutes les nations, sans perdre jamais de
« vue qu'il ne doit combattre que pour la paix
« et le bonheur du monde. »

Par le traité de Lunéville, observe un écrivain publiciste, nos frontières sont reportées
aux limites que leur avait marquées la nature;
des peuples long-temps séparés de la France
se réunissent à de puissans alliés, et accroissent

sa population, sa force et son territoire; il
assure la liberté aux nations qui ont attaché leur
sort à leurs destinées. La France assure à un allié
la récompense du fidèle attachement qu'il a conservé; elle recule ses limites jusqu'aux anciennes
limites de la gauche du Rhin. Comment l'Autriche
serait-elle dans le cas désormais de reprendre des
sentimens hostiles? Le traité de paix de Lunéville
lui donne une ample indemnité des sacrifices qu'elle
a faits. Si cette puissance, jugeant bien la position
et l'état actuel de l'Europe, met dans son système
les changemens que cet état lui prescrit, et re-
nonce avec sagesse à toute idée de conquête pour
ne songer qu'à sa prospérité, elle se félicitera d'a-
voir concentré toutes ses forces et tous ses moyens,
de s'être ouvert de nouvelles sources de richesses,
et d'avoir fermé toutes celles de guerres, de dépenses et de malheurs. L'empereur a perdu la
Belgique; mais la Belgique, depuis les troubles
causés par les réformes de Joseph II, était devenue une possession difficile et dispendieuse à
maintenir. Il a perdu le Milanais; mais cette province était séparée de l'Allemagne; elle était rui-
née par la guerre; elle avait été détachée des états
héréditaires par tous les mouvemens et toutes
les passions qui naissent d'une organisation nouvelle, et des secousses d'une révolution. Il a

perdu la Toscane ; mais cet état est remplacé
en Allemagne par des possessions équivalentes et
adhérentes, qui ajouteront encore à cette force
centrale dont il sentira le prix. Il est donc facile
de juger que, dans la masse particulière dont se
compose une puissance comme l'Autriche, ce
qu'elle peut perdre numériquement mérite à peine
quelque attention, et se trouve abondamment
compensé par les avantages qui résultent pour elle
de la réunion, et, si on peut le dire, de la con-
densation de ses forces.

Fixons à présent nos regards sur l'administration civile et politique du premier consul; en rap-
portant tout ce qu'il a fait pour détruire les factions
anarchiques qui troublaient l'état, et pour rétablir
la tranquillité publique, qu'il nous soit permis de
lui dire ce qu'il doit faire pour le bonheur du
peuple français. A peine Bonaparte est-il revêtu
de la dignité suprême du consulat, qu'il s'occupe à guérir les plaies profondes de l'état, et à
rétablir l'ordre dans toutes les parties du service
public. Il brise les tables de proscription, et rappelle dans leur patrie des citoyens exilés par des
lois révolutionnaires. La taxe relative au person-

nel et l'emprunt forcé sont supprimés. Cette fatale liste des émigrés qui paralysait toutes les branches de l'administration, qui bouleversait l'ordre social dans ses bases fondamentales, et qui était devenue entre les mains des hommes pervers un instrument de vengeance et de proscription, est fermée. Cette loi cruelle des otages, qui était le scandale de la justice, et l'effroi de l'humanité, est abolie. Bonaparte va dans les prisons, console ces victimes qui gémissaient sous le joug d'une oppression inconnue dans les contrées asiatiques, les remet en liberté, en leur adressant ces paroles de consolation : « Une loi injuste vous a privés « de la liberté; mon premier devoir est de vous « la rendre. »

L'intérêt général sollicitait depuis long-temps une nouvelle division du territoire de la France et de l'administration intérieure ; les départemens présentaient un tableau affligeant ; tout était incertitude, désordre, découragement. Les administrateurs n'avaient plus la conscience de leur force ; la timidité, où l'injustice dictaient leurs décisions : les uns, faibles et tremblans, n'osaient proposer le bien; ils imposaient silence à cette voix intérieure qui les pressait d'être justes : les

autres, pervers et factieux, faisaient le mal par sys-
tême, par calcul, et par intérêt; esclaves et despotes tour-à-tour, ils obéissaient servilement à ces
agens superbes et puissans qui leur dictaient des
lois, et se vengeaient ensuite de cette dégradation
en maîtrisant avec un sceptre de fer ceux qui venaient réclamer leur protection et leur justice. Il
n'y avait ni patriotisme, ni esprit public, ni moralité, ni vertus; on ne voyait dans l'exécution des
lois ni célérité, ni précision, ni fermeté; la vio-
lation de tous les principes, la servitude des uns,
la tyrannie des autres semblaient annoncer une
dissolution politique, et c'était des départemens
que devait partir cette flamme électrique qui
menaçait d'incendier la capitale de l'empire français.

Un vice intérieur produisait cette anarchie
et cette corruption. Pour parvenir à une régénération salutaire, il fallait simplifier les rouages
de cette machine immense, et établir dans cette
partie principale de l'économie politique une
unité de pouvoir et d'action. Si, dans un vaste
état, il faut confier à un seul homme l'autorité
suprême et l'exécution des lois, toutes les parties de l'administration doivent être conformes aux principes fondamentaux qui ont établi
la forme de ce gouvernement : s'il y a ici unité

de pouvoir, il faut que le même principe ré-
gisseles administrations particulières. Ce sont
les chaînes du même anneau qui ne peuvent se
rompre ni se diviser ; tous ces différens pouvoirs
correspondent au centre commun. La puissance
exécutrice, dans son unité, doit être le type et le
modèle des autorités secondaires ; le gouvernement
doit avoir une autorité centrale qui éclaire de ses
rayons tout l'intérieur de la circonférence. Il faut
un point central où se réunissent toutes les pensées,
et d'où partent toutes les actions ; des pouvoirs
trop divisés s'éclipsent les uns les autres, et n'ont
point cette centralité si nécessaire pour donner
à toutes les opérations administratives un mouvement de force et d'activité. Détruisez ce principe, il n'y aura ni union, ni stabilité, ni vigueur
dans le gouvernement ; ce sera une agrégation
informe qui, par un choc continuel, affaiblira les
forces de l'état, et préparera sa langueur et son dépérissement. Pour faire cesser cette oscillation per-
pétuelle, pour rétablir cet équilibre nécessaire, pour
donner au corps politique sa vigueur, Bonaparte
crée dans chaque département un préfet, un conseil de préfecture, et un conseil général. Les pré-
fectures, substituées aux administrations collec-
tives, ont donné à l'action uniforme des lois un
principe régénérateur qui a vivifié les parties de

l'administration frappées de stérilité. L'institution des conseils est destinée à éclairer le préfet, à donner des lumières au gouvernement, et
à lui offrir le tableau statistique du département.
L'unité de pouvoir a fait disparaître les vices des
formes polygarchiques qui régissaient les administrations centrales. Les départemens jouissent des
bienfaits de cette institution salutaire ; des hommes probes et éclairés exercent ces fonctions importantes , et les préfets ont appelé dans les conseils administratifs des citoyens recommandables
par leurs talens et leur moralité. Toutes les parties ,
auparavant confuses et éparses, se sont réunies vers
un centre commun ; elles correspondent ensemble : de cette harmonie, résultent une force, une
justice , qui facilitent l'exécution, et préparent les
succès des opérations administratives.

Si la liberté politique doit nécessairement ré-
sulter de la bonne organisation des pouvoirs législatif et exécutif, la liberté civile ne peut être
défendue et affermie que par l'institution du pouvoir judiciaire. C'est sur la législation que reposent
l'édifice social et tout le système du bonheur public; elle est bien propre à régénérer les mœurs

10

d'un peuple, et à détruire des vices qui tiennent
plus à la forme du gouvernement qu'à son génie
particulier. Malheur aux nations qui ont de mau-
vaises lois ! les erreurs en législation leur sont
toujours funestes ; les maux qu'elles produisent
sont terribles. La perte d'une province, la fa-
mine, les malheurs de la guerre, ont un terme,
et régénèrent quelquefois les mœurs publiques;
un seul instant de prospérité, une victoire d'un
jour, les avantages du commerce, réparent les
pertes de plusieurs années ; mais une mauvaise
législation est la source inépuisable d'un siècle de
maux, et son influence destructive s'étend sur
les générations futures. Alors, les peuples, après
avoir troublé l'état par leurs fureurs anarchiques,
reçoivent le joug de l'esclavage.

Tout était désordre et scandale dans l'administration judiciaire : nos anciens législateurs, au milieu des passions qui les agitaient, et dans un temps
où les liens politiques et sociaux étaient rompus,
où l'on avait organisé l'insurrection populaire et
détruit tous les principes de l'ordre public, avaient
créé un code de législation qui renfermait un
double principe d'anarchie et de corruption, produit monstrueux des passions des partis, du délire,
et de la perversité; comment pouvaient-ils nous
donner de bonnes lois? comment pouvaient-ils

méditer sur un objet aussi important, qui exigeait des talens et des vertus ? comment pouvaient-ils recueillir en paix ces lumières et ces observations dont ils avaient besoin pour étendre et pour fortifier leurs propres idées, pour préparer un résultat heureux de leurs travaux, et pour donner cette maturité, cet ensemble, cette sagesse qu'exige le caractère auguste de la loi ? Un terrain inculte et sauvage ne produit que des ronces et des poisons ; c'est à l'intelligence du cultivateur que la terre lui doit cette fertilité qui procure d'abondantes moissons.

Les bonnes lois ne peuvent être que l'ouvrage de la méditation, des talens, de la raison, développées par l'expérience, et perfectionnées par les mœurs. Ce n'est point dans un temps d'anarchie, et dans des jours fertiles en crimes, qu'on peut créer une sage et heureuse législation ; il faut que le règne de la justice et de la sagesse s'élève sur les débris des erreurs et des passions. Les régénérations des empires doivent s'opérer dans un temps de paix et de vertus ; le génie aime à méditer ses projets au milieu du silence, et les belles conceptions de l'esprit humain se montrent et se développent lorsque la nature est calme, et qu'elle présente le spectacle paisible de ses grandeurs. Alors le législateur s'élève à une hauteur surnaturelle ; ce n'est pas seulement pour ses contemporains qu'il travaille, c'est pour les siècles : ce n'est pas une seule nation qu'il organise, c'est la terre entière ; son influence s'étend sur la postérité ; ses bienfaits appartiennent à l'univers, dont il prépare l'affranchissement et le bonheur ; il donne aux lois ce caractère de grandeur et de puissance qui leur assure l'obéissance des peuples, les hommages des générations, et l'immortalité des siècles. C'est a.ors qu'il a véritablement dérobé, comme Prométhée, le feu sacré de la divinité, et qu'il va, comme elle, régénérer et embellir la nature.

Le premier consul s'est occupé de l'objet important de la législation civile et criminelle ; une réforme dans les tribunaux de conciliation et des juges de paix a rendu cette belle institution plus salutaire et plus utile. En réduisant le nombre des juges de paix, en les débarrassant d'une partie de leurs attributions, en adoptant pour leur nomination des formes simples, en remplaçant les assesseurs par des suppléans, on est assuré que cette magistrature sera constamment exercée d'une manière paternelle par des citoyens éclairés et probes. On avait fait un grand pas vers la perfection de la justice criminelle, en confiant en différentes mains l'accusation, le jugement, l'application de la peine ; on a perfectionné cette œuvre en créant une magistrature uniquement chargée de la recherche et de la poursuite des crimes. Les fonctions des jurés, trop souvent dénaturées par des préjugés, ou par esprit de faction, ont repris leur indépendance, leur dignité, et leur force morale. Ces hommes, chargés de défendre les intérêts et les droits des citoyens, ont reçu un caractère légal, et exercent leur ministère, sous la surveillance des magistrats.

Bonaparte a nommé des jurisconsultes éclairés pour préparer un code civil, qui doit enfin rétablir l'ordre public, fixer les droits incertains des citoyens, affermir la jurisprudence sur des bases immortelles, et fermer ces sources fécondes de divisions et de chicanes qui suspendaient les jugemens des magistrats, propageaient la mauvaise foi des plaideurs, changeaient en brigandage l'art de vendre la justice, et consommaient la ruine de ceux qui venaient implorer l'appui et la protection des lois contre l'oppression, la violence et l'usurpation.

Le gouvernement, jaloux de s'entourer et de profiter des lumières de tous les citoyens, a envoyé le projet du code civil aux magistrats de différens tribunaux, pour l'examiner, le corriger et le perfectionner ; c'est ainsi que les premiers législateurs déposaient leurs lois sur des tables, et les plaçaient ensuite sur un monument public, afin que ceux qui devaient être gouvernés et jugés par elles pussent les connaître. A Athènes, on ne pouvait proposer une loi nouvelle, si le sénat ne l'avait approuvée. Cette formalité remplie, la lecture en était faite à l'assemblée du peuple ; on en plaçait une copie aux pieds de la statue de dix héros, afin qu'elle pût être de nouveau lue et examinée : chaque citoyen avait le droit d'exposer ses réflexions au sénat.

Ce code civil, qui sera examiné et discuté par le conseil d'état et par le corps législatif, sera un bienfait précieux, et deviendra un monument qui attestera que le premier consul s'occupe du bonheur du peuple. Alors on verra un nouvel ordre de choses plus heureux et plus consolant ; les droits des citoyens seront rétablis dans toute leur intégrité ; la propriété sera respectée ; l'ordre dans les successions sera fondé sur les principes naturels, et sur les maximes du contrat social ; la liberté publique sera associée avec cette politique qui en règle l'exercice, et en restreint l'usage; une jurisprudence constante réglera l'exécution des conventions, des transactions; cette excessive inégalité dans la division des biens domestiques qui perpétuait les haines, alimentait la paresse des uns, et dépouillait les autres de leurs droits naturels, sera interdite; l'autorité paternelle, qui a pour base la conservation et l'instruction des familles, autorité sainte, et peut-être le meilleur garant que la patrie puisse obtenir de la moralité de ses citoyens, la soumission filiale, qui devient le germe des vertus, seront fixées dans ces limites, qui assureront la paix, et conserveront les mœurs publiques; le divorce, qui est un scandale et un outrage à l'humanité dans un temps de corruption, d'immoralité, et qu'on a appelé avec raison, par son scandaleux abus, *le sacrement de l'adultère*, deviendra plus difficile par les barrières dont on entourera la sainteté du mariage; le lien conjugal, qui devrait être un objet sacré et indissoluble, dans l'ordre politique, sera environné des formalités et des obstacles qui en rendront les demandes en dissolution plus rares; enfin la législation présentera un code de lois claires et précises, qui ne seront plus soumises aux passions et à l'ignorance des commentateurs

et des interprètes qui ont intérêt de les obscurcir
ou de les éluder. Ce code civil, soumis à la méditation du conseil d'état et à la discussion du
corps législatif, pourra être modifié, et recevoir
des changemens qui paraissent nécessaires : mais
ne nous flattons point de le voir arriver à ce degré
de perfection auquel ne peut atteindre l'ouvrage
de l'homme, où l'on voit un mélange de faiblesse
et de grandeur ; tantôt c'est l'aigle qui plane au
haut des cieux , tantôt c'est l'insecte qui rampe
sur la terre. Le ministre de la justice consacrera
ses travaux à détruire les désordres qui règnent
encore dans l'ordre judiciaire ; il réprimera cet
abus indigne qui écrase le bon droit par les formalités et l'anéantit par les lenteurs. Nous devons
attendre d'utiles réformes , et d'heureux résultats
d'un ministre qui a acquis dans l'étude des lois
de vastes connaissances, qui aime le bien public,
et qui réunit les talens de l'administrateur aux
vertus douces et paisibles du citoyen, et de l'ami
de l'humanité.

Des crimes, jusqu'à présent inouïs, épouvan-
taient par l'effroyable solennité de l'acte, et par
la ténébreuse méditation des complots. Les grandes routes infectées par des bandes enrégimen-
tées, la sûreté de tous les citoyens compromise,
la foi publique outragée, et les asiles les plus

saints impudemment violés, les fonctionnaires publics proscrits et signalés aux poignards, les acquéreurs des biens nationaux poursuivis et torturés comme des voleurs qui cachent leur butin, les fondateurs, les soutiens de la République, désignés publiquement aux meurtres, et publiquement assassinés; on voyait éclater par-tout un déchaînement extraordinaire de toutes les passions et de tous les vices; les communications interceptées, le commerce troublé, les propriétés incertaines, l'ordre social attaqué dans ses fondemens par une organisation du crime, dont la puissance, l'étendue et la force, portaient dans toutes les familles l'horreur et l'épouvante : une vaste conspiration de forfaits et de brigandages menaçait la liberté publique dans ses plus précieuses garanties; elle frappait tous les membres de la société dans chaque moment d'existence et de sécurité. Cette conjuration avait des ramifications si étendues et si variées, qu'on ne pouvait point désigner, dans la mobilité et les incursions des conjurés, les moyens qu'il fallait prendre pour les détruire. Nos lois criminelles, fondées sur la raison, la philosophie, la justice, et coordonnées avec le système politique que nous avons adopté, n'étaient point en rapports avec ces hommes profondément pervers qui ne veulent aucune loi, qui combattent avec outrance notre régime social, et qui conspirent éternellement contre l'état et contre la liberté publique. Il fallait donc des tribunaux spéciaux pour poursuivre et punir ces grands crimes, il fallait une justice sévère, et dégagée de ces formes qui en arrêtent la marche, et en suspendent l'exécution. Il fallait la réunion militaire et civile pour arrêter ces forfaits qui se multipliaient sur tous les points de la France. Béni soit le génie bienfaisant qui a créé cette institution salutaire qui a sauvé la patrie, a purgé la société de ces conjurés qui portaient par-tout la dévastation, l'incendie, et la mort, et qui a épouvanté ceux qui étaient prêts à devenir les complices et les imitateurs de ces grands coupables, que le glaive de la justice a frappés avec tant de promptitude.

Les finances présentaient un chaos effroyable; on recevait sans règle, et on dépensait sans mesure, à proportion que les impôts s'accroissaient. La recette du trésor national diminuait; étrange position qui annonçait à la fois l'ignorance des administrateurs et la ruine de l'état; des hommes avides s'engraissaient de la substance du peuple, et insultaient par leur faste insolent aux calamités

publiques; les ressources étaient épuisées, les engagemens les plus saints étaient violés; les rentiers et les pensionnaires de l'état gémissaient dans
la misère, et les fonctionnaires publics ne recevaient plus le salaire de leurs travaux; la corruption s'était introduite dans le sanctuaire de la justice,
parce que les magistrats étaient sans pain et sans ressources; la cupidité des entrepreneurs était favorisée, et ce désordre épouvantable nécessitait de nouveaux impôts qui écrasaient le peuple, et étouf-
faien' l'industrie; à mesure qu'on appercevait de
nouveaux besoins, on créait de nouvelles taxes,
on les négociait aux traitans, et, les yeux fixés sur
l'argent qu'on recevait, on détournait son attention de l'avenir; on souscrivait à des transactions
onéreuses; on dévorait tout par anticipation: les
services étaient suspendus et paralysés ; les entrepreneurs exagéraient les craintes, les hasards,
les pertes, les difficultés, pour rehausser, doubler,
centupler même le prix de leurs marchés; c'est
ainsi que le produit des rentrées premières était
bientôt aspiré, absorbé, et qu'on ajoutait à la
nécessité de nouveaux impôts, nécessité d'autant
plus funeste, (ainsi que l'observe le citoyen Le-
coulteux, l'un des hommes les plus versés dans les
objets d'administration et de finances, dans son
excellent rapport sur les contributions) qu'un

impôt de dix millions, et mis en recouvrement
six mois plus tôt, en épargnerait souvent un de
trente millions devenu indispensable six mois plus
tard; comme dix millions payés à propos aux rentiers peuvent, par l'amélioration du crédit, et
par l'activité de la circulation qui en dérive, faire
rentrer trente millions des contributions arrié-
rées.

Bonaparte voit le gouffre des finances, et gémit sur la situation déplorable que lui présente
cette partie essentielle de l'administration publique. Il applique tous ses travaux à guérir les plaies
profondes qu'un mauvais système de finances,
et l'ignorance des anciens directeurs ont faites à
l'état; il sait que les finances sont une des plus importantes parties du gouvernement, et qu'elles sont
au corps politique, ce que la circulation du sang
est au corps humain ; c'est, comme l'observe
M. Necker, à l'administration des finances que
toutes les parties du gouvernement se rapportent
et s'enchaînent; c'est elle qui doit indiquer à la
marine et à la guerre les portions des richesses
qu'on peut consacrer à la force ; c'est elle qui
doit enseigner à la politique le langage qui sera
d'accord avec la puissance ; c'est elle enfin qui
enveloppe dans ses soins les intérêts de tout un
peuple; car c'est par une mesure et une intelligente

application des impôts qu'ils accompagnent l'industrie sans la combattre, et que le travail s'unit au bonheur; et c'est par une sage distribution de dépenses que le tribut du citoyen remplit sa destination, et lui retourne en accroissement de sûreté, d'ordre, et de tranquillité.

Bonaparte s'applique à combiner les ressources de l'état, et à sentir les justes rapports qui existent entre la richesse et l'impôt, entre le prix des denrées et les facultés des hommes, entre l'agriculture et l'industrie, entre le bonheur et la force : la classe intéressante des rentiers, les créanciers de l'état, les acquéreurs des biens nationaux fixent sa sollicitude et ses méditations; mais il ne peut point parcourir cette immense carrière à pas de géant. A chaque instant, il est arrêté par des obstacles; il existe des barrières que le génie ne peut pas franchir tout d'un coup: ce n'est point par des secousses violentes, des mouvemens rapides, des opérations promptes, qu'on peut rétablir des finances épuisées; dans cette régénération difficile, il faut réfléchir, méditer, calculer. Ce n'est que le temps et la prudence qui peuvent donner un résultat heureux; la précipitation est toujours funeste ; le desir de faire le bien doit être modéré; c'est par la patience que le cultivateur parvient à défricher un terrain infertile; l'habile financier

doit imiter la nature, qui est lente dans ses opérations. Le premier consul desire de faire le bonheur
du peuple ; mais cette perspective se présente dans
le lointain : il brûle d'arriver à cette époque où
il pourra remplir les vœux de son cœur, et les
pensées de son esprit, en perfectionnant un sys-
tême de finances, et en établissant par des réformes salutaires un juste équilibre entre les revenus
et la dépense, qui réduira les charges de l'état,
et diminuera ce fardeau terrible sous lequel le peuple gémit, et est prêt à succomber ; c'est par des
améliorations lentes mais sensibles, qu'il rétablit
l'ordre dans les finances ; les acquéreurs des biens
nationaux sont confirmés solennellement dans
l'acquisition de leurs possessions ; les propriétaires
n'ont plus à redouter d'être dépouillés de leurs
héritages par des lois oppressives et révolutionnaires ; le sort des rentiers est amélioré ; la solde
de l'armée et le salaire des fonctionnaires sont
assurés ; les impôts sont répartis dans une juste
proportion ; leur recouvrement est plus simple ; les
mesures vexatoires ont été réprimées ; les réclama-
tions des contribuables sont écoutées avec attention, et reçues avec équité. La justice du gouvernement et une paix honorable, promettent des
améliorations plus étendues et plus utiles. Les
créanciers de l'état doivent espérer que le jour n'est

pas loin, où ils recevront le remboursement de leurs créances. Le ministre qui dirige aujourd'hui les finances travaille avec un zèle infatigable à simplifier l'immense et difficile administration qui lui est confiée ; il aime le bien, il est juste, il a des mœurs pures, possède de vastes connaissances ; il gémit sur les maux qu'il ne peut pas encore guérir, et il desire de voir arriver ce jour heureux où il pourra remplir ce vœu de son cœur, de liquider les dettes de l'état, et de former une balance exacte entre les dépenses et les recettes.

Bonaparte sait que c'est dans l'agriculture, dans les sillons, et dans les demeures des cultivateurs, qu'il faut chercher la puissance de la nation et la source de sa force et de ses richesses. Oui, toute puissance qui vient d'ailleurs que de la terre est artificielle et précaire, soit dans le physique, soit dans le moral : un état bien cultivé, bien défriché, produit des hommes par les fruits de la terre, et les richesses par les hommes : ce ne sont point, suivant la belle pensée de Raynal, les dents du dragon que Jason sème pour enfanter des soldats qui se détruisent ; c'est le lait de Junon qui peuple le ciel d'une multitude innombrable d'étoiles. C'est l'agriculture qui crée et entretient les flottes ; c'est elle qui produit les armées ; c'est dans les champs couverts d'épis que germe la victoire. Celui qui a dit que le *trident de Neptune est le sceptre du monde*, a fait sans doute un vers harmonieux, il peut être un excellent poète ; mais, à coup sûr, il ignorait ces principes d'économie politique qui constituent la force d'un état. C'est la charrue du laboureur qui est le sceptre du monde, car la charrue du laboureur détruite, le trident de Neptune est brisé. Le premier consul, pour soulager les propriétaires, et diminuer les impositions territoriales, a créé des impôts indirects ; il a établi des taxes et des cautionnemens. C'est dans cette mine qu'il faut puiser pour augmenter les revenus de l'état, pour favoriser l'agriculture, pour étendre l'industrie, et pour multiplier les richesses du commerce. C'est en étendant les branches de cet arbre de vie qu'on lui fait porter de bons fruits et qu'on en obtient d'abondantes récoltes. Ces contributions indirectes ont un avantage inappréciable, en ce que la perception se fait d'une manière facile et insensible, que le contribuable, en payant un impôt léger, augmente sa fortune et multiplie ses moyens d'industrie.

En matière d'impôt, dit un écrivain estimable, ce sont les faibles taxes qui opèrent les plus grands produits. Il ne faut employer que de faibles multiplicandes ; pourvu que le multiplicateur exprime un nombre considérable, on obtiendra un grand quotient. C'est la raison qui rend les impôts indirects si productifs, quand ils ne sont pas poussés à cet excès qui provoque la fraude, et annulle la perception. Leur tarif, souvent appliqué, paie pour tous, et à tous les instans, aboutit, par des fractions presque insensibles, à des produits qui semblent tenir du prodige. Les grosses taxes présentent l'impôt dans toute sa nudité, et le rendent nécessairement odieux ; elles détachent le contribuable du sentiment de l'intérêt commun ; elles restreignent ses jouissances, parce qu'il ne s'occupe qu'à cacher sa fortune ; ses dépenses ainsi réduites privent le pauvre de son travail, et le fisc de la contribution du pauvre. Parcourez un pays d'arrosage ; ce n'est pas la rivière même que le cultivateur fait promener sur ses prairies pour les arroser, il la saigne avec ménagement de distance en distance, et ne cherche la fertilité qu'à l'aide des faibles ruisseaux qu'il fait serpenter dans ses champs. Les champs sont le gouvernement ; la rivière, c'est la nation entière ; les filets d'eau que l'agriculteur en extrait sont l'image de ce que doivent être les contributions.

Bonaparte, dans la création des taxes personnelles et indirectes, ne veut point frapper l'industrie dans un moment où il faut l'encourager

11

et la ranimer ; il ne veut point , par des mesures impolitiques contre les grandes fortunes, resserrer de plus en plus les capitaux , dont la circulation n'est déjà que fort embarrassée ; il sait que toute taxe sur le riche est une véritable taxe sur le pauvre , qu'on prive par là des moyens de travail ; que si le riche est accablé d'impôts, il ne pourra point occuper le pauvre ; et que c'est principalement dans les états libres qu'il peut être dangereux de réduire par les impôts les jouissances du luxe. Plus, dans un vaste état, il y a de luxe, et moins il y a de pauvres , parce qu'il y a plus de moyens de subsistances, et plus de circulation d'argent. Une loi romaine , selon Voltaire , qui eût dit à Lucullus : *Ne dépensez rien* , lui aurait dit en effet : *Devenez encore plus riche , afin que votre petit-fils puisse acheter un jour la république !*

Bonaparte profitera des bienfaits de la paix pour établir un bon système de finances ; il est aussi nécessaire qu'une sage législation. On peut réparer les imperfections, les vices des lois ; mais il est bien difficile de guérir les plaies que fait à l'état un mauvais plan de finances. Dans cette opération importante la sagesse du premier consul lui interdira les secousses , les mesures violentes ; il verra les objets en masse, et ce sera au conseil d'état et au ministre des finances à lui proposer les moyens propres à parvenir à une heureuse régénération. On diminuera les impôts, dont l'excès éteint toute émulation et tout sentiment patriotique, décourage les hommes et les empêche de se reproduire ; ils ne seront levés que pour le besoin de l'état, et les besoins de l'état ne seront que ceux du peuple , ou plutôt ceux que ses besoins nécessitent ; on établira une justice exacte dans leur répartition , et on créera un mode simple de perception ; on augmentera la valeur des biens nationaux ; on facilitera la circulation du numéraire , qui est le principe vital d'un état ; des lois sévères feront tomber ce taux excessif et scandaleux de l'argent qui entrave les relations commerciales , diminue la valeur des terres ; elles réprimeront ce jeu meurtrier et scandaleux de l'agiotage , qui corrompt les mœurs publiques, et qui frappe de stérilité cette sève génératrice et ce principe de fécondité qui vivifiaient toutes les branches de l'industrie sociale ; on déduira , on déterminera les dépenses ; on assurera l'acquittement et l'extinction des dettes constituées ; on rétablira ce crédit qui fait circuler les richesses qu'on a , et qui supplée à celles qu'on n'a pas ; on régularisera les paiemens ; on renoncera à ces opérations ruineuses qui procurent quelques

fonds dans un moment de détresse, mais qui détruisent le crédit, la confiance, et arrêtent la circulation du numéraire; on assurera un mode de
comptabilité qui embrassera toutes les parties de
l'administration; on créera des primes pour encourager les plantations, les défrichemens et les
manufactures; on adoptera des principes sévères
de cette économie réelle et toute-puissante qui,
comme le dit Thomas, gouverne les trésors d'un
empire comme les biens d'une famille, qui établit
l'ordre, et qui applique tout entier aux besoins
de l'état, ce qui est la substance et le sang de
l'état même; on appellera dans l'administration
des finances des hommes distingués par leurs talens, leurs connaissances, et respectables par la
pureté de leurs mœurs : alors, il n'y aura ni oppression, ni déficit, ni retardemens de paiemens;
le gouffre qui dévorait tant de trésors sera fermé;
alors on verra les mœurs publiques se régénérer;
la liberté publique sera affermie sur des bases
inébranlables. Le peuple sera heureux ; tous les
citoyens, par un heureux concert, béniront la justice et la sagesse de leur premier magistrat, et la
France présentera le tableau consolant du bonheur et de la prospérité.

Le commerce doit fixer l'attention des administrateurs des empires; il encourage l'agriculture et les manufactures; il soutient l'industrie, franchit tous les mers, parcourt toutes les contrées, satisfait aux besoins de tous les peuples, leur répartit les richesses de la terre, et réunit par son activité les nations les plus éloignées. La France est appelée, par sa position topographique, par le génie et l'industrie de ses habitans, à être une puissance riche par son commerce; aussi était-elle parvenue à un degré de splendeur et de prospérité inconnu aux autres nations : mais un génie révolutionnaire, et la guerre, ont détruit son commerce et ses colonies; l'affranchissement des nègres, le *maximum*, les décrets absurdes et imprudens de la convention nationale, ont renversé cet édifice brillant; toutes les parties de l'administration commerciale ont été frappées de stérilité; ces canaux qui portaient l'abondance et la fertilité ont été obstrués, et cette tige qui produisait des rameaux si superbes n'est plus qu'un tronc inutile; le commerce, l'industrie, tout a été la proie d'un système dévastateur : Bonaparte a vu ce dépérissement universel, et toutes ses pensées se sont fixées sur cet objet si essentiel et si précieux;

il s'est constamment occupé à rétablir et à fortifier les relations commerciales : la paix lui donnera
cet éclat dont le commerce jouissait sous les beaux
jours du règne de Louis XIV : le ministre de l'intérieur secondera le premier consul de ses conseils et de ses lumières ; il en observera les maux,
il en étudiera les ressources, et il portera dans
cette partie de l'administration commerciale les
vertus de Sully et le génie de Colbert.

Déjà Bonaparte a favorisé et protégé cette banque qui offre des ressources immenses, qui rétablira ce crédit et cette confiance si nécessaires
pour étendre et agrandir les relations commerciales. Du mouvement que procure une banque
bien constituée, découlent deux effets bien fé-
condans pour l'industrie, bien précieux pour les
gouvernemens. La banque émet des signes qui
équivalent à l'argent, et qui suppléent à son ab-
sence ; et l'argent, jaloux de se voir ainsi repré-
senté, sort de tous côtés des souterrains qui le
recélaient, et vient donner à sa représentation
une activité plus générale, une existence plus
solide. Les banques ont fondé les richesses de
la Hollande, de l'Angleterre, de Venise, de Gènes ; elles préparent celles des États-Unis de l'A-
mérique ; elles ont sauvé les finances de l'Espagne et du Danemarck ; le grand Frédéric y eut

recours pour réparer les désordres des siennes, après la guerre de sept ans. On peut donc admettre comme une vérité fondée sur l'expérience, que les associations des banques sont un des moyens les plus puissans pour rendre, après de longues convulsions politiques, à l'agriculture, au commerce, à l'industrie, et aux arts, l'activité si nécessaire à la fortune publique, et au bonheur particulier de tous les citoyens.

La banque de France nous promet les mêmes avantages et les mêmes bienfaits ; on a donné à cet établissement des bases solides et des réglemens qui en assurent l'utilité et la durée. Il y a dans les caisses un numéraire et des valeurs représentatives, et les porteurs des billets mis en circulation sont sûrs de leurs remboursemens. Il existe un gage certain et une hypothèque réelle qui mettent les administrateurs dans l'heureuse impuissance de violer leurs engagemens ; il règne dans cette banque un ordre qui en facilite les opérations, et en assure le succès. Ce qui perdit la banque de Law, au commencement de ce siècle, fut la disproportion qui se trouva entre le nombre de ses billets, et la masse alors en circulation ; elle fut portée à six milliards cent trente-huit millions deux cent quarante-trois mille deux cents livres, soit en actions de la compagnie des Indes, soit en billets de banque; tandis qu'il n'y avait en France que douze cent millions d'espèces, à soixante livres le marc. Cette base fit crouler l'édifice financier, et jeta la France dans un état de pénurie et de détresse. Une banqueroute scandaleuse couronna ce frauduleux projet; mais la banque de France repose sur des fondemens inébranlables. La caisse, comme nous l'avons déjà observé, renferme un numéraire et des signes représentatifs au-delà de la valeur des billets mis en circulation. Les administrateurs possèdent des propriétés immenses; ils jouissent de cette confiance que donnent les lumières, la probité, et de grandes richesses. Cette banque rappellera le numéraire dans la circulation, fera baisser l'intérêt de l'argent, et augmenter la valeur des biens territoriaux; elle entretiendra entre l'état et les particuliers les rapports qui fondent l'aisance de l'un et la sûreté de l'autre, donnera au commerce et à l'industrie plus de développement, d'énergie, d'universalité, et ouvrira des canaux de prospérité et de richesses.

Bonaparte fixe ses regards sur toutes les parties de l'administration commerciale; par-tout il encourage l'industrie manufacturière qui est liée à la nourriture des troupeaux, et qui devient pour les terres une nouvelle source de fécondité. Un pays riche en productions, inépuisable d'hommes, touchant aux trois grandes mers, doit atteindre le plus haut degré de prospérité, en combinant dans un même plan la science agricole, la faculté manufacturière, les ressources coloniales, et la puissance maritime, ces quatre élémens de la force essentielle et comparative des nations modernes. Le directeur des Gobelins a été autorisé à choisir des élèves parmi les enfans des artistes les plus recommandables, pour les attacher à la fabrique en qualité d'apprentis, et prévenir ainsi la dégradation de ce bel établissement, dont la prospérité est liée à la gloire nationale ; ici, des mesures salutaires ont été adoptées pour faire multiplier dans divers départemens des bergeries semblables à celles déjà existantes à Montbard et à Rambouillet ; on a établi dans le département des Pyrénées orientales une bergerie nationale de bêtes à laine de race pure espagnole. Les fruits de la terre ont reçu un nouveau principe de fécondité, et le génie a forcé la nature à multiplier ses bienfaits. De nouvelles foires ont été établies pour faciliter les opérations du commerce intérieur, et pour procurer des échanges et des ventes utiles au cultivateur, et indispensables aux différens propriétaires des campagnes. Pour donner un cours libre, régulier et utile au commerce, on a créé dans diffé-

rentes villes de l'empire français des bourses et
des agens de change, destinés à communiquer aux
spéculations commerciales un nouveau principe
d'activité et de circulation ; la compagnie d'Afrique a été rétablie, et on en a formé une pour la
pêche de corail sur les côtes de cette vaste contrée. Les préfets sont autorisés à placer dans les
divers ateliers et fabriques de leurs arrondisse-
mens tous les enfans abandonnés , ayant l'âge et
les forces nécessaires pour entrer en apprentis-
sage ; on garantit à ces enfans les soins paternels
de l'administration publique , chargée de surveiller
leur entretien et leur instruction : cette mesure,
suivant l'expression du ministre de l'intérieur, présente à la fois une main-d'œuvre économique aux
manufacturiers, et une pépinière féconde d'artistes
et d'artisans : elle arrache au malheur, et utilise pour
la société un grand nombre de victimes intéressantes, en leur faisant contracter de bonne heure, par
un travail journalier, l'exercice d'une profession.

Le commerce doit occuper toute la sollicitude
du gouvernement. Dans le conseil d'état, chaque
branche de l'administration publique a sa section.
Pourquoi le commerce lui seul n'en a-t-il point,
comme l'observe judicieusement un écrivain politique ? Cependant cette branche utile des revenus publics exige impérieusement une section qui

lui soit exclusivement affectée, et jusqu'à ce jour ses intérêts sont discutés et confondus dans plusieurs autres. Le ministre de l'intérieur, chargé de toutes les parties administratives, et de ses immenses détails, a-t-il assez de temps pour s'occuper utilement du commerce, de ses besoins, de ses améliorations, des profits inappréciables que lui seul peut nous présenter ? La quatrième division de son ministère, qui lui est affectée, peut à peine s'occuper de ce qui concerne le matériel ; il faut donc une section du conseil d'état consacrée au commerce ; il faut qu'elle soit l'ame qui le dirige, qu'elle soit le lévier qui le fasse mouvoir, et qui l'utilise ; il faut enfin qu'elle soit la pensée qui le crée, et qui embrasse son ensemble et ses vastes développemens. Qu'on l'établisse, et bientôt elle reconnaîtra la nécessité de rendre aux principales villes commerciales de France leurs chambres respectives du commerce ; car c'est dans chacune d'elles que la section du conseil d'état ira puiser les notions locales et particulières d'utilité qu'elle chercherait en vain ailleurs : elle consultera ces négocians instruits et sages qui présenteront des vues utiles et saines pour vivifier et étendre le commerce. [1]

---

[1] Nous croyons être utile à la chose publique en désignant au gouvernement un citoyen modeste, qui

Bonaparte veut encourager tous les arts, étendre les progrès des connaissances humaines, favoriser les productions de l'industrie française, transmettre à la postérité la valeur de nos guerriers, et honorer les vertus et le génie de ces hommes qui ont illustré la France et servi l'humanité. Tous les manufacturiers sont autorisés à concourir à l'exposition publique des produits de l'industrie, et un jury désignera les douze manufacturiers ou artistes dont les productions lui ont paru devoir être préférées à celles de leurs coucurrens, et indiquera en outre cinq autres qui auront mérité par leurs travaux et leurs efforts une mention honorable ; c'est ainsi que, par un encouragement utile, et par une noble émulation, les talens se développeront, et l'on verra le génie enfanter des prodiges. Déjà les artistes ont exposé à l'admiration publique les productions de

---

réunit à la profondeur des connaissances un esprit droit, et un jugement conforme à des principes sévères de probité. Il a rendu des services essentiels à la République dans sa carrière diplomatique, dans ses relations commerciales, dans ses voyages lointains; il a développé les talens de l'homme d'état, et les lumières étendues du négociant politique. La justice, le zèle du bien public, et la reconnaissance, m'obligent de nommer ici le citoyen Durand de Montpellier.

leur industrie et les merveilles de leurs découvertes. Non jamais le génie créateur ne s'est montré avec autant de hardiesse et de fécondité; il a
arraché à la nature de nouveaux secrets, et a
donné à l'homme de nouvelles jouissances. Tous
les arts se sont réunis, et l'intelligence humaine
a développé leurs trésors et toutes leurs richesses.
Désormais les peuples de l'Europe viendront admirer et rechercher les ouvrages du génie, du
goût et de l'industrie française.

Les récompenses nationales sont un hommage
que la patrie offre aux talens; elles sont un culte
public qu'elle rend à la vertu. Des médailles sont
frappées en mémoire des événemens les plus mé-
morables : Bonaparte avait fait graver sur la colonne de Pompée le nom des premiers guerriers
français moissonnés dans les combats sur le rivage
africain; une colonne départementale sera élevée
pour consacrer l'héroïsme de nos armées; elle
attestera la reconnaissance nationale envers ces
guerriers qui ont versé leur sang pour la patrie. On
se rappellera toujours que c'est dans les armées que
l'honneur français s'est réfugié pendant ce temps
de carnage et de meurtres dont nous avons été
les témoins et les victimes : tandis que la France
présentait le spectacle affligeant des crimes de l'a-
narchie et de l'immoralité, les camps offraient le

tableau consolant de la valeur, de l'union, et de toutes les vertus; c'est là, que le génie s'est développé avec une force et une constance qui ont étonné l'Europe après l'avoir vaincue. En France, l'arbre de la liberté était arrosé de sang humain, et des victimes innocentes étaient immolées sur des échafauds; aux armées, les lauriers croissaient et se multipliaient sur le front des guerriers, au milieu des hymnes de la victoire et des cantiques de l'alégresse et de la reconnaissance. Les soldats, par leurs vertus et leur héroïsme, ont réparé, pour ainsi dire, les crimes de la révolution.

Le tombeau de Turenne, si long-temps au milieu des tombeaux des rois, qu'honorait cette alliance, est transporté dans le temple de la victoire sous les drapeaux conquis par les héritiers de sa gloire : ne dirait-on pas que les deux siècles en ce moment se rencontrent et se donnent la main sur cette tombe? et c'est avec raison que le ministre de l'intérieur, a dit à l'ouverture de cette auguste cérémonie: « Le siècle qui commence sera le grand « siècle, j'en jure par le peuple dont je suis au- « jourd'hui l'organe, par la sagesse de ses pre- « miers magistrats, par l'union des citoyens; les « grandes destinées seront accomplies. » La fureur des temps révolutionnaires avait profané les asiles de la mort. Le tombeau qui renfermait les cendres de l'immortel Daguesseau a été rétabli, si l'on peut ainsi appeler la réparation d'un grand scandale. Des monumens publics embellissent la capitale de l'empire français. La nature et l'art ornent ces jardins, où l'homme va promener ses pensées, sa douleur, son oisiveté ; de nouveaux ponts qui seront construits faciliteront les communications; les ouvrages du génie et des arts sont exposés dans le palais national pour exciter l'admiration des uns , pour enflammer l'émulation des autres, et pour inspirer à tous ce goût des sciences, qui adoucit les mœurs, répand sur les affections un caractère de douceur et d'aménité, et réunit deux avantages bien précieux , l'amusement et l'instruction; des lycées, où le philosophe proclame les vérités de la morale, où l'historien déploie avec majesté les archives du genre humain, où l'orateur montre les beautés de l'éloquence, où le poète enchante par l'harmonie de ses vers, où l'artiste anime ses pinceaux , s'élèvent dans tous les départemens, et deviennent des écoles publiques d'instruction. Riche des dépouilles de l'univers et des travaux de ses propres artistes, Paris offre à l'admiration les chefs-d'œuvres des arts qui embellissaient l'Italie et la Grèce On croit voir les propylées d'Athènes et les mo numens de Rome. Voilà les travaux consolateurs du ministre de l'intérieur; il sait que les beaux arts sont une branche essentielle de la prospérité nationale, que c'est le génie qui les crée, que c'est l'émulation qui les entretient, et que c'est le goût qui les perfectionne. Il sait qu'il doit protéger et récompenser les arts, parce que, semblables au sang qui circule dans le corps humain, ils animent tout, ils fortifient tout, ils embellissent l'édifice social, et soutiennent la puissance du gouvernement.

Le ministre de l'intérieur, ami de la justice et de l'ordre, a affermi sur des bases solides l'administration du théâtre des Arts; il s'efforce, par des réformes sages et des améliorations progressives, de concilier la magnificence de cet établissement avec l'économie réparatrice qui commence à s'introduire dans toutes les parties de la dépense publique. Le ministre de l'intérieur porte un regard attentif sur les premiers théâtres de Paris; il sent la nécessité de ramener les artistes aux véritables principes de l'institution dont ils avaient méconnu la nature et l'objet. Il a supprimé cet abus qui constituait les artistes seuls juges du genre et du mérite des pièces qui leur convenaient; les premiers théâtres sont à la fois des monumens de gloire nationale, et des moyens d'influence sur

les mœurs ; l'autorité qui les protége doit les surveiller et les ramener à leur véritable institution.

Un monument durable a été élevé à la gloire de
la musique, comme nécessaire à ses progrès ; un dépôt a été établi, où l'on trouvera des chefs-d'œuvres
destinés à tracer la marche de cet art, qui seul, dans
des temps malheureux, a pu consoler la vertu, et
amollir la férocité des tyrans. Ici l'artiste, comme
l'a dit le ministre de l'intérieur, étudiant l'art dès
son enfance, retrouvera dans le même dépôt ces
chants simples, premiers élans de la sensibilité,
et cette harmonie habile et savante qui peint jusqu'à la plus légère des passions.

La navigation intérieure est une partie précieuse et brillante de l'économie politique ; elle
sert à multiplier les richesses de l'état, et à étendre ce commerce qui augmente la fortune publique et la fortune particulière. Les Chinois doivent leur prospérité, leur industrie, leur population à ces canaux qui traversent des provinces
immenses, et fertilisent les campagnes. Le superbe canal qui unit l'Océan à la Méditerranée
a immortalisé l'administration de Colbert. Bonaparte reconnaît les avantages immenses que peut
produire la navigation intérieure : Les *canaux*,
a-t-il dit, *sont les premiers besoins de la
République.* Déjà on s'occupe d'exécuter ce

I 2

grand projet de réunir l'Océan, la Manche, et la Méditerranée; alors ces mers confondues couvriraient de leurs richesses toute la superficie de l'empire français, et ses ennemis se verraient dans l'impuissance d'intercepter ses convois, circulant librement d'un port à l'autre, sous la protection de quelques bâtimens armés. Le ministre de l'intérieur est chargé de présenter un rapport sur la manière d'ouvrir une communication par eau entre la Belgique et Paris, et de faire réparer les canaux de Saint-Quentin, de l'Oise, de la Sambre, pour réunir la Somme et la Sambre à l'Escaut, et l'Oise à la Sambre. C'est ainsi qu'on rendrait la France navigable du nord au midi, et à l'ouest. A l'aide de cette navigation intérieure, on transporterait des ports de la Hollande dans l'intérieur de la France, et à ses extrémités, toutes les matières et les marchandises que nous sommes encore obligés d'y prendre; et ces objets, ainsi que les bâtimens qui en sont chargés, ne seraient plus exposés à la piraterie des Anglais. Le conseiller d'état Cretet a présenté au corps législatif, au nom du gouvernement, un projet de loi, tendant à réunir la Garonne et le Rhône par un canal, entre Aigues-Mortes et Beaucaire; ce canal aurait le double avantage de compléter l'importante communication entre l'Océan et la

Méditerranée, si précieuse à notre commerce du midi, et de préparer le desséchement de douze mille hectares de marais.

Un général, aussi distingué par sa valeur que par ses connaissances, a proposé d'ouvrir un canal destiné à joindre le Rhin au Danube. L'ouverture de ce canal offrirait, dit-il, de grands développemens aux entreprises commerciales ; en leur procurant de nouveaux débouchés, elle rendrait nos liaisons avec une partie de la Turquie indépendantes des escadres anglaises ; en nous ouvrant une navigation intérieure de l'Orient, elle arracherait à l'Angleterre le commerce du nord de l'Allemagne, et nous donnerait en entier celui de la partie méridionale de cette contrée fertile et populeuse : ce sera dans un temps de paix que tous ces projets vastes et utiles seront exécutés. La France, favorisée par la nature, en a reçu tous les avantages qui peuvent assurer sa prospérité commerciale ; telle est sa position, qu'elle est baignée presque dans toute son étendue par les eaux des mers et des fleuves qui lui ouvrent des communications faciles avec toute la terre. Cette situation, la température de son climat, des ports aussi sûrs que commodes, un nombre infini de havres, de chantiers, des manufactures de toute espèce, un peuple aussi actif qu'industrieux, des richesses territoriales, lui assurent une influence générale sur toutes les affaires commerciales de l'Europe ; c'est donc vers la navigation que Bonaparte doit porter ses regards pour rétablir et étendre ce commerce intérieur qui doit fortifier la puissance de l'état, et multiplier ses richesses.

Des terrains considérables étaient couverts d'eaux stagnantes ; de là, la perte du sol pour l'agriculture, et la corruption de l'air qui s'exhale de ces marais fétides. Le gouvernement, pour réparer ce mal, a fait vider les eaux intérieures, et, pour le prévenir, a fait contenir les eaux extérieures, et c'est ici un important service qu'on a rendu à l'agriculture, au commerce, qu'elle alimente, à la patrie, qui s'enrichit de l'un et de l'autre.

Tandis que la France perfectionnait l'agriculture et l'industrie rurale, qu'elle étendait ses conquêtes, et augmentait sa population par l'acquisition de plusieurs provinces, elle perdait sa marine, ses colonies, et ses villes maritimes n'étaient plus que des déserts. Qu'est devenue cette an-

cienne marine, qui en trois ans prit à l'Angleterre quatre mille deux cents bâtimens marchands,
évalués à près d'un milliard, ruina ses assurances,
fit chanceler le crédit de ses plus riches négocians,
occasionna des banqueroutes journalières, rédui-
sit le gouvernement anglais, qui aspirait à la suprématie de l'Océan, à n'oser plus mettre ses vaisseaux
à la mer, et qui le força à se servir des vaisseaux
étrangers? Que sont devenues ces flottes, qui,
pendant la dernière guerre, apportaient dans nos
ports les précieuses denrées de Saint - Domingue?
Que sont devenus ces douze cents vaisseaux de commerce qui couvraient les mers, et nous transpor-
taient annuellement des quatre parties du monde
des trésors immenses? Que sont devenues ces forces
navales qui châtièrent les Barbaresques, firent baisser le pavillon à l'Espagne, et, se mesurant avec les
flottes tantôt réunies de l'Angleterre et de la Hollande, emportèrent presque toujours l'honneur et
la gloire du combat? Que sont devenues ces colonies qui alimentaient le commerce, soutenaient
la marine, et nous servaient à balancer la puissance navale de l'Angleterre, et à lui arracher le
sceptre de la mer? Que sont devenus ces millions de bras occupés à des travaux maritimes,
qui présentaient dans les chantiers et dans les
ports le spectacle du bonheur et des richesses?

Que sont devenus enfin cette activité et ce mouvement perpétuel qui faisaient flotter sur les mers
le pavillon français, unissaient le commerce à la
guerre, et offraient à nos marins la gloire et la
fortune ? Hélas ! un génie dévastateur a détruit
notre marine, nos vaisseaux, nos escadres, nos
colonies, notre commerce, et a donné à l'Angleterre cette suprématie maritime qui pèse sur toutes les nations ? Périssent nos colonies, plutôt
qu'un principe! Tel fut le blasphême de ce rhé-
teur féroce qui devint le tyran de son pays, et
l'opprobre de l'humanité. A cette voix sacrilége,
tous les fléaux et tous les crimes se sont réunis ;
l'ignorance, la stupidité, la trahison, ont préparé
cette terrible révolution qui nous a enlevé tous
nos trésors, a arraché ces germes productifs de
commerce et d'industrie qui faisaient notre force
et notre puissance, et a converti nos colonies en
un lieu désolé de sépulcres, et en une solitude
effroyable.

Il n'a pas été au pouvoir du premier consul
de réparer les pertes de notre marine, et de lui
rendre son ancien éclat; il en a recueilli quelques
débris, qu'il a fait servir à de grands objets d'utilité publique, et à des améliorations qui annoncent que le temps n'est pas éloigné peut-être où
notre marine reprendra son ancien éclat : on la

verra rapidement armée à peu près comme ce fier coursier que Neptune, d'un coup de trident, fit sortir tout équipé du sein des eaux; ce sera l'ouvrage d'un génie réparateur. Le ministre de la marine s'appliquera à opérer cette grande régénération. Forfait a acquis dans les travaux, dans l'étude, et dans une pratique constante, ces vastes connaissances qui le rendent habile dans l'art difficile et compliqué de la marine. Déjà des réglemens salutaires ont assuré la régularité du service public; on a établi un centre d'unité; des préfets maritimes ont été institués pour donner un principe d'ordre, de force et d'activité aux armemens et aux expéditions, et pour surveiller toutes les parties éparses de cette immense administration. Le code barbare de la guerre a été adouci; plusieurs lois sur la course maritime ont affermi la neutralité de quelques puissances, et ont respecté les droits des nations; un conseil des prises a porté dans cette matière un esprit de justice et d'impartialité qui a une heureuse influence sur nos relations commerciales; d'anciennes dilapidations ont été recherchées et atteintes; des contrats onéreux ont été résiliés; des récompenses ont été promises à la valeur, et le sort des marins et de leurs familles a été assuré. Bonaparte a nommé au commandement des flottes et des vaisseaux des hommes expérimentés dans l'art des grandes manœuvres ; il sait que la nature contribue sans doute à former un homme de mer, mais que c'est à l'étude à l'achever, et à l'expérience à le perfectionner. L'expérience est, dans tous les états, et sur-tout dans la marine, préférable à la science théorique ; dans les combats, c'est la manœuvre qui décide toujours de la victoire. Cette science, qui est celle des forces mouvantes appliquées à la marine, exige des connaissances profondes qu'on n'acquiert que par de longues études et une pratique constante.

Le premier consul appliquera tous ses soins, et consacrera tous ses travaux à rétablir cette marine anéantie par l'ignorance et la trahison de l'ancien gouvernement. La France a besoin des forces maritimes pour protéger, étendre son commerce, et pour défendre ses colonies ; sans marine, elle n'aura point de commerce, et, sans commerce, elle n'aura ni argent, ni agriculture, ni industrie. Les nations, dit Thomas, qui ont cultivé la marine, ont développé une grande puissance. Tyr, devenue la dominatrice des mers, s'enrichit des dépouilles de toute la terre, et la peupla de ses colonies. Les Rhodiens, resserrés dans leur île, exercèrent une espèce de domination sur la Méditerranée : législateurs des mers, ils virent leurs institutions nautiques suivies par tous les peuples policés ; les rois les plus ambitieux n'osèrent tenter de les asservir ; les Romains même recherchèrent leur alliance. Athènes a eu par sa marine la supériorité sur cette foule d'états qui composaient la Grèce. Les Carthaginois subjuguèrent la Sicile, la Corse, la Sardaigne, et les plus belles provinces de l'Afrique. Rome n'étendit ses conquêtes que lorsqu'elle commença à équiper des flottes. Venise, sortie des fanges des marais, fit trembler l'Orient par sa puissance, et enrichit l'Occident par son industrie. La Hollande, pauvre et esclave, resserrée dans un petit coin de terre, ne subsistant que de la pêche du hareng, trouva dans ses vaisseaux la richesse et la grandeur ; et, pendant que le reste de l'Europe était déchiré par les guerres du fanatisme, elle secoua le joug de ses oppresseurs, dépouilla les successeurs de Philippe II de leurs possessions dans les Indes, finit par les protéger, et porta son commerce dans toutes les parties du monde. La Turquie s'éleva au plus haut degré de gloire, lorsque Dragut et Barberousse commandaient les flottes de Soliman. L'Espagne a presque obtenu la monarchie universelle dans le temps que ses escadres découvraient un nouveau monde. Louis XIV fit trembler l'Europe lorsque ses flottes

couvraient les mers, et étaient commandées par
Tourville, les Jean-Bart, les Paul, les Duguai-
Trouin, les Cassart, les Château - Renaud, les
Duquesne, les Destrées, les Forbin. C'est par sa
marine que l'Angleterre est parvenue à ce degré
de gloire et de prospérité qui étonne l'Europe,
et qu'elle s'est emparée de cette suprématie qui
lui procure les trésors de l'univers, et lui donne
le commerce universel. Le rétablissement de la
marine française recréera cet équilibre que toutes
les puissances réclament; et il est réservé au conquérant de l'Italie et de l'Égypte de briser ce
sceptre maritime dont le gouvernement anglais
fait un abus si oppressif contre les droits des nations. Les rives de la Tamise verront ces mêmes
prodiges de puissance, de valeur et de justice,
qui ont été opérés sur les Alpes, et sur les bords
du Nil : il est un terme à la violence et à l'usurpation. L'histoire nous apprend que toutes les
puissances injustes ont péri, quelque éclat qu'ait eu
leur prospérité momentannée. Les Phéniciens ont
brillé, et ont fait place aux Carthaginois. Alexandre fonda le commerce de l'Égypte ; ces belles
contrées attirèrent les richesses du monde ; elles
passèrent aux Romains ; le commerce périt sous
le joug des oppresseurs du monde. Constantin le
régénéra en transportant l'empire romain dans

l'Orient; les croisades en rapportèrent le fruit aux nations de l'Occident ; les Pisans, les Vénitiens, les Florentins, en recueillirent la plus précieuse part.

L'opulence et le pouvoir rendirent Venise insolente, et la ligue de Cambrai punit l'orgueil et l'ambition de cette république. Les Génois régnèrent à leur tour sur le commerce du Levant ; les Florentins s'emparèrent de Pise ; Colomb découvrit l'Amérique. Les Espagnols étaient les dieux de l'Océan; ils regorgeaient de l'or du Mexique et de l'argent du Pérou ; on ne connaissait que le pavillon espagnol sur les mers : l'Espagne perdit bientôt sa puissance et sa grandeur. Telle sera la destinée de l'Angleterre : elle s'écrasera sous son propre poids, et au milieu de ses richesses et de ses trésors. Sans doute, la violence et l'injustice ont servi à conquérir, à dominer; mais on ne voit point que l'une et l'autre aient servi à conserver : elles exaltent d'abord la force, et l'énervent ensuite. Le monde se gouverne par la sagesse, et s'entretient par la concorde des élémens. Les nations ne se maintiennent que par la justice, et les gouvernemens ne se soutiennent que par cette modération sage et héroïque qui ne se dément jamais.

Le premier consul s'occupera à donner aux

colonies un gouvernement conforme au climat,
au génie, aux mœurs, au caractère des colons. Il
leur faut une législation qui respecte leurs usages,
leurs habitudes, leurs préjugés, et qui conserve
leurs propriétés. La première de toutes, la plus
sainte, c'est la loi de la propriété. Si cette loi est
violée, le colon perdra le goût du travail et des
occupations utiles, et il ne voudra pas accroître
et améliorer un bien dont il ne sera que le posses-
seur incertain ; il n'aura ni respect, ni amour pour
le gouvernement, et peu lui importera d'obéir à
une nouvelle puissance. En conservant la loi qui
affranchit les nègres, il faut rétablir les propriétaires dans leurs anciennes possessions, et envoyer
dans les colonies des administrateurs qui réunissent les vertus aux talens. Alors le commerce
colonial reprendra son ancien cours, et versera
ses antiques bienfaits. Le commerce de nos colonies occasionnera une circulation annuelle de six
cents millions. Il fournissait aux finances de l'état
plus de cent millions de tributs annuels, qui se
payaient sans efforts, parce que cette contribu-
bution publique était prélevée sur les bénéfices du
travail, et sur les plaisirs du luxe que procure
la richesse. S'il existe quelque moyen de demander
au pauvre une portion de sa subsistance pour soutenir les charges de l'état et les dépenses du gou-

vernement, c'est en augmentant dans les colonies une opulence qui reflue dans toute la nation.

———

Bonaparte a voulu connaître le tableau statistique de tous les départemens de l'empire français ; ce travail lui a été présenté. On donne ce nom à cette partie de l'économie politique qui considère un état, une contrée, sous les rapports agricoles, administratifs, commerciaux, et qui en fait connaître la situation dans tous ses détails. Peut-être, jusqu'à présent, on n'avait pas attaché parmi nous assez d'importance à l'étude de la statistique. Cette science si nécessaire au gouvernement, sans laquelle l'administration d'un état est toujours vicieuse et incertaine, semblait être le patrimoine exclusif de quelques politiques contemplateurs, et, dans la politique, elle était d'un usage presque nul ; il fallait qu'un ministre éclairé la fît sortir de cette espèce de déconsidération, qui tenait peut-être aussi à l'idée qu'on s'était faite de cette science d'après les ouvrages stériles de quelques écrivains du dernier siècle. L'esprit français, accoutumé aux conceptions les plus rapides et les plus brillantes, repousse avec dédain tout ce qui porte un caractère de sécheresse ou d'obscurité ; il lui faut une nourriture plus choisie et plus engageante, s'il est permis de s'exprimer ainsi; et sa délicatesse ne pouvait s'accoutumer à l'avidité des théoristes, de ceux sur-tout qui ont inondé l'Angleterre et l'Allemagne de leurs annales et de leurs calculs hypothétiques.

La statistique renferme des mémoires remplis de faits instructifs et d'observations utiles. On aime, après les dissentions civiles et étrangères qui ont trop long-temps fatigué la patrie, à reconnaître ses richesses, à contempler sa fertilité, à passer en revue toutes ses ressources, à faire, en quelque sorte, l'inventaire de ses produits; et si, dans cette glorieuse énumération, il est quelquefois douloureux de voir que le commerce et les manufactures sont encore négligés dans un pays aussi florissant, où la richesse du sol a pu seule produire cette indifférence, l'esprit est bientôt consolé en pensant au degré de splendeur réservé à l'état, lorsque la protection du gouvernement, les lumières et le zèle du ministre de l'intérieur auront porté les arts, le commerce et l'agriculture à la perfection qu'ils doivent atteindre.

Le ministre de l'intérieur s'occupe constamment de la splendeur et de la prospérité de l'état: il a formé, sur les principaux points de la République, des réunions d'hommes éclairés et versés dans la connaissance des arts utiles ; il les a chargés de lui présenter l'état passé et l'état présent de l'agriculture, des arts et du commerce dans chaque département, de lui indiquer les pertes qu'ils ont éprouvées, avec leurs causes, et les ressources existantes, avec les moyens de les développer. Les vues salutaires du ministre sont remplies : le zèle des citoyens appelés à concourir à cette régénération a produit d'utiles résultats, et fait naître de précieuses espérances.

Il est beau et consolant de faire servir les lumières et les talens à créer et à perfectionner la théorie de l'éducation publique. Le ministre, qui chérit, protége et cultive avec succès les sciences, les arts et les belles-lettres, consacre ses travaux à créer des institutions destinées à former des citoyens et des hommes. On sait combien l'éducation a été négligée ; et voilà la cause de cette immoralité qui éteint toutes les vertus et produit tous les crimes qui affligent la société. La jeunesse, témoin des crimes et des malheurs de la révolution, victime expiatoire de nos convulsions politiques, n'a vu que des tombeaux et des ruines, et la société ne lui a présenté que le tableau affligeant de discorde et de malheur : au milieu de cette dégradation, des principes de corruption et de mort se sont associés aux premières idées sociales qu'on lui a inspirées; et ce poison, circulant dans ses veines, en a fait de mauvais citoyens et des hommes pervers.

Le ministre de l'intérieur a développé dans ses ouvrages des vues saines et judicieuses sur l'éducation publique, et sur les moyens d'exciter et de diriger le génie national. Cet administrateur éclairé, ce philosophe sensible, a prouvé que l'éducation influait sur les actions, le caractère et les mœurs des peuples. La bravoure du page d'Alexandre, qui se laisse brûler d'un charbon sans faire le moindre mouvement, pour ne pas troubler le sacrifice, les flagellations des Spartiates sur l'autel de Diane, l'action courageuse de Scævola devant Porsenna, l'obstination d'Anaxagore pilé dans un mortier, qui ne voulut jamais convenir que ce genre de mort fût un tourment, prouvent l'influence de l'éducation sur les esprits. La nature forme le caractère, mais l'éducation le développe; c'est elle qui dispose de ce germe naissant; elle secondera ou trahira les vues de la nature; elle formera un mortel vertueux, ou un homme pervers.

Le gouvernement s'est occupé de cette partie importante de l'administration. Le Prytanée n'avait point de réglement; rien ne marquait les devoirs respectifs du directeur et des professeurs : le ministre de l'intérieur a donné à ce collége, et à celui de Saint-Cyr, un réglement, dans lequel il a déterminé en détail les devoirs de chacun. Il a voulu qu'au moment où de nombreuses écoles s'élèvent de toutes parts, on pût avoir un modèle; et, portant dans ce travail un esprit dégagé de préjugés, il a donné à l'enseignement des sciences exactes une place importante, mais non pas au détriment des langues anciennes, si négligées depuis la révolution. Des professeurs distingués par leurs talens et leur moralité y donnent les principes de cette sage philosophie, propres à former des hommes vertueux et des citoyens utiles. Cette génération naissante promet d'offrir à l'admiration ces talens et ces vertus qu'on voyait autrefois dans les colléges des Jésuites et de Port-Royal.

L'école de Liancourt, transportée à Compiègne, a reçu un réglement plus conforme aux vrais principes de l'art social. L'organisation de l'école polytechnique a été réglée; le sort des élèves est assuré par le grade que leur procure la subsistance militaire, et les dispenses d'âges sont réservées aux défenseurs de la patrie; le mode d'admission est rendu plus uniforme; le choix des

13

aspirans est combiné avec les besoins des différens services : un nouveau concours est ouvert
pour l'artillerie de la marine ; les examens sont
étendus à toutes les parties de l'instruction ; les
relations de cette école première avec toutes les
écoles d'application sont mieux déterminées. Le
législateur a sagement pensé que, conçue sur un
plan aussi vaste, sans modèle chez aucun peuple,
l'école polytechnique devait recevoir de la réflexion
et de l'expérience plusieurs améliorations salutaires : un conseil formé de savans professeurs,
de quelques membres de l'institut national, des
officiers généraux ou agens supérieurs de différens services publics, sera convoqué tous les ans.
Il prendra connaissance de la situation de l'école,
des résultats qu'elle donnera pour l'utilité publique, et des moyens de coordonner le plus avan-
tageusement toutes les branches et tous les degrés
de l'instruction.

Le ministre de l'intérieur regarde les fêtes nationales comme propres à former une partie nécessaire de l'instruction publique, et à régénérer
les mœurs actuelles. Cette institution est plus
puissante que les lois. Les lois sont faites pour
régir les hommes, les institutions le sont pour

faire aimer les lois et le gouvernement. Les lois
enchaînent la volonté et forcent à l'obéissance, les
institutions nous font chérir ce qu'elles prescrivent;
elles parlent au cœur et au sentiment; on y obéit
par amour et par goût. Les lois affermissent l'édifice social, les institutions l'embellissent. Chaque
état a ses institutions, chaque peuple a ses fêtes.
La Russie a ses traîneaux, la Suède a ses chasses,
l'Angleterre ses courses, l'Espagne ses combats de
taureaux, la Turquie ses pélerinages. Le ministre
de l'intérieur veut récréer au sein de la France
ces brillantes solennités qui offraient jadis aux
villes rassemblées de la Grèce le ravissant spectacle de tous les plaisirs, de tous les talens et de
toutes les gloires. Dans les campagnes de l'Élide,
la Grèce assemblée ornait le front du guerrier des
lauriers de la victoire , et donnait au génie la
palme de l'immortalité. Là, le sage qui avait
pratiqué dans la simplicité de son cœur les vertus
douces et paisibles de l'humanité , le philosophe
qui proclamait les grandes vérités de la religion et
de la morale , le poète qui chantait avec majesté
les bienfaits de la nature , l'artiste qui exposait le
monument de son industrie, obtenaient l'hommage et le respect du peuple assemblé; et c'est
ainsi que l'immortalité payait la vertu et récom-
pensait le génie. Est-il dans les annales du monde

des tableaux plus forts pour donner au genre humain la croyance de ses forces, et du pouvoir de ses facultés, plus capables d'imprimer à l'ame des sensations profondes, de l'entraîner à des pensées grandes et augustes, que ces fêtes auliques qui ont attaché aux villes de la Grèce des souvenirs immortels? Il appartient au peuple français de déployer une activité riche et féconde aux yeux des nations et des siècles, de mesurer la longue durée de sa gloire et desa puissance, par les époques de son émulation et de ses plaisirs solennels. Déjà les fêtes des 14 juillet et 1er vendémiaire ont présenté un spectacle de grandeur et de magnificence; le peuple a fait éclater sa joie, et sa reconnaissance. Renouvelons ces institutions bienfaisantes, rassemblons-y les exercices de tous les âges et de tous les sexes, la musique et la danse, la course, les évolutions militaires, les représentations scéniques; que l'activité nationale vienne y donner la mesure de ses progrès dans tous les genres; que le commerce y apporte le produit des manufactures; que les artistes y présentent leurs chefs-d'œuvres, et les savans leurs découvertes, tandis que l'histoire, la poésie, l'éloquence, proclameront les fastes de l'empire français, la gloire et le génie de son premier magistrat, et couvriront d'une impérissable splendeur tout ce qui aura été utile, grand, vertueux,

Le premier consul, au milieu de ses immenses travaux, s'occupe à améliorer, à perfectionner toutes les parties de l'administration et de l'économie politique. Son génie embrasse tout, sa bienveillance s'étend sur tout. Tous les asiles du malheur étaient détruits, toutes les institutions de bienfaisance étaient anéanties, et les sources de la charité publique taries. Le trésor de l'état s'épuisait par des versemens de fonds, qui, mal distribués, semblaient accroître la misère au lieu de la soulager. Bonaparte paie une dette sacrée à l'humanité. Un droit d'octroi est établi dans différentes villes pour augmenter les revenus des hospices civils; leurs rentes ne seront plus aliénées, à moins que l'utilité de l'aliénation ne soit constatée : une somme de quatre millions est employée pour secourir les malades, les pauvres, et les vieillards ; ils trouvent tous une ressource à leur misère et une consolation à leurs maux. On établit une administration composée d'hommes justes et sensibles, qui seront les soutiens, les amis et les bienfaiteurs des infortunés. On crée sur le Simplon et le mont Cénis des hospices semblables à ceux qui existent sur le grand Saint-Bernard. De nouveaux asiles sont élevés pour recevoir ces

militaires qui ont versé leur sang pour la patrie.
L'indigence ou l'immoralité ayant multiplié le nombre des enfans trouvés, le gouvernement a fixé
sa sollicitude sur ces innocentes victimes ; non seulement on donne des soins paternels à leurs premières années, mais on envisage le moment où,
sortant des hospices pour se répandre dans la société, ces êtres malheureux doivent porter en eux
des moyens pour assurer leur existence et servir
leur patrie : une prévoyante administration leur
prépare ces moyens, en faisant contracter de bonne
heure, par l'habitude d'un travail journalier, l'exercice d'une profession utile. Cette société de la charité maternelle, dont l'existence était un bienfait
précieux pour l'humanité, a été rétablie. On distribue des secours abondans à ces mères malheu-
reuses qui abandonnaient leurs enfans à la com-
passion publique et à la mort ; ces innocentes victimes, se reposant tranquillement sur le sein ma-
ternel, reçoivent ce lait bienfaisant qui leur donne
la vie. On a rendu aux tombeaux le culte funèbre
et les honneurs attendrissans qu'une indifférence
impie leur avait long-temps refusés ; les honneurs
rendus aux morts se lient à toutes les conceptions
profondes, et semblent être à la fois le premier
conseil de la morale, et le premier signe de la
civilisation ; sans doute, le gouvernement réunira

aux honneurs funèbres un culte religieux; ce culte, en réunissant la grandeur et la pensée des cérémonies, est préférable à toutes les institutions politiques, quand on veut environner les tombeaux de leçons majestueuses et de souvenirs consolans.

Bonaparte a organisé l'armée par des réglemens sages et utiles; il a rétabli la discipline militaire, et en a augmenté la puissance. La gendarmerie a reçu plus de force et d'étendue; il a rétabli l'ordre dans la partie administrative; il a récompensé la bravoure des soldats en leur distribuant des récompenses. Il élève des monumens publics à la gloire de ces guerriers qui sont morts les armes à la main; il aime à rendre hommage à la valeur de ces généraux d'armée qui ont illustré le nom français par leurs triomphes: avec quel plaisir il voit leurs fronts couronnés des lauriers de la victoire ! En présentant des pistolets au général Moreau, il dit au ministre de l'intérieur : « Citoyen ministre, faites-y graver quelques-unes « des batailles qu'a gagnées le général Moreau ; « ne les mettez pas toutes, il faudrait ôter trop de « diamans ; et, quoique le général Moreau n'y attache pas un grand prix, il ne faut pas trop « déranger le dessin de l'artiste. »

———————

Ces routes, qui faisaient autrefois l'admiration des voyageurs, étaient tombées dans une dégradation universelle. Cet état de délabrement interrompait les communications commerciales, et tarissait une des sources principales de la prospérité nationale. Ces routes ont été réparées; un crédit extraordinaire de douze millions a été destiné pour mettre en bon état vingt-quatre routes de première classe qui traversent l'empire français dans toute son étendue, et servent de ligne de communication à ses extrémités les plus reculées; les préfets des départemens travaillent avec un zèle infatigable à rétablir les communications de commune à commune, et leurs habitans fournissent les journées d'hommes et des voitures pour la réparation des chemins vicinaux dans leurs cantons respectifs.

———————

Une grande partie du territoire de la France est couverte de forêts qui forment une des branches principales de la richesse publique. Ici, tout a été brigandage, violence, usurpation. On en avait déplacé les bornes, enlevé les clôtures, et les bois ont été en proie à la plus horrible dévastation; on défrichait par-tout, et on ne s'occupait

point de repeuplement et de plantations; des at-
troupemens s'y portaient en foule, et en armes;
des communes entières, rompant tout-à-coup les
liens qui les attachaient aux autres parties de la
République, arrachaient des quarts de réserve encore éloignés de l'âge où l'intérêt public attendait
leur produit; les officiers forestiers, dans leur état
d'existence précaire, abandonnaient la surveillance dont ils étaient chargés; les gardes, ne trouvant plus dans leur salaire les moyens de satisfaire à leurs premiers besoins, avaient déserté les
forêts, et en étaient même devenus les dévasta-
teurs: pour arrêter ce désordre et ce brigandage,
il fallait introduire un nouvel ordre de choses
pour la conservation et la coupe des forêts. Bonaparte a senti la nécessité de réorganiser le régime forestier, si essentiellement lié au perfection-
nement de l'agriculture: une nouvelle administration a été créée, les dévastations ont cessé; les officiers forestiers et les gardes veillent à la conservation des forêts; la reproduction sera proportionnée
à la consommation; cette partie si essentielle de
l'économie politique augmentera les revenus de
l'état, et deviendra une source de prospérité nationale.

Le premier consul a réuni la justice à la sagesse

et à la fermeté de son administration ; il a réprimé l'audace des écrivains folliculaires et des libellistes séditieux. Si la liberté de la presse agrandit le génie, embellit les talens, et orne la raison, la licence des opinions et la perversité des principes ne tendent qu'à semer les soupçons, à entretenir les haines, à alimenter les délations, et à perpétuer cet esprit de discorde qui éteint le patriotisme, et corrompt les mœurs publiques : l'esprit de faction ne cesse d'égarer et de tromper le peuple pour en faire l'instrument de ses vues coupables ; des hommes inquiets et séditieux veulent désorganiser l'ordre social, parce qu'ils savent que c'est dans le temps des dissensions civiles qu'ils pourront satisfaire toutes les passions qui les tourmentent. Bonaparte réprime les chefs des factieux, avant de punir, il parle le langage de la douceur, de la raison, et ce n'est qu'après avoir épuisé les voies de la clémence, qu'il se rend l'exécuteur sévère de ces lois destinées à expulser du territoire français ces hommes pervers qui rompent le pacte social, et conspirent éternellement contre leur patrie. Une police sévère a été établie : si le gouvernement prend des mesures de rigueur, il faut en accuser ces hommes qui profitent de sa modération pour semer la méfiance et les soupçons, et pour lever l'étendart de la révolte. Bonaparte veut réunir tous les esprits, et effacer jusqu'au souvenir des anciennes divisions. Il sait que la loi ne doit punir que les délits qui troublent la tranquillité publique, qu'elle doit respecter l'opinion. La conscience est indépendante de la loi ; si elle enchaîne la volonté, elle n'a aucun empire sur cette voix intérieure qui obéit seule à la nature, et qui grave dans le cœur ses lois immortelles.

⁕⁕⁕⁕⁕

Le flambeau de la guerre n'était pas encore éteint dans la Vendée ; ces contrées étaient livrées aux horreurs des dissensions civiles, aux poignards des assassins, et aux torches des incendiaires ; ce que n'avaient pu faire des armées nombreuses, et une grande effusion de sang, la douceur et la persuasion l'ont produit : la clémence subjugue les rebelles ; la sagesse du premier consul enchaîne les fureurs des conspirateurs ; ses prières, ses exhortations paternelles, ramènent à l'obéissance des lois des hommes trompés par des suggestions perfides, égarés par des habitudes et des préjugés anciens, et entraînés à la rebellion par un fanatisme aveugle. La concorde a réuni tous les cœurs ; on a élevé un temple à l'union : ces villes et ces campagnes, qui ne présentaient que des ruines et des tombeaux, ont repris leur ancienne splendeur et leur ancienne fertilité, et la nature est sortie de sa langueur pour s'environner et s'embellir de l'éclat de sa beauté ; le cultivateur s'est livré à ses travaux champêtres ; l'artisan s'est placé sur son atelier pour féconder son industrie ; l'habitant des villes a continué son commerce ; tous se sont réunis pour réparer leurs pertes, et pour donner un nouveau principe d'activité à l'agriculture abandonnée, à l'industrie anéantie, et à un commerce suspendu.

Les chefs des conspirateurs, corrompus par l'or de l'Angleterre, dégradés par leurs vices, sont morts sur les échafauds, ou traînent dans des contrées étrangères leur infamie et leur trahison. Il reste sans doute quelques-uns de ces êtres malfaisans pour qui le crime semble être un besoin, et qui, entraînés par un instinct de férocité, ne méditent que des incendies et des assassinats. Des mesures vigoureuses ont été prises pour faire disparaître ces restes impurs, cette vile écume des séditieux ; quelques désordres partiels, quelques rassemblemens épars, fruits déplorables, mais momentanés, de la dépravation et de la misère, cesseront avec leurs causes : une bonne police, des secours distribués avec discernement, de la fermeté sans rigueur, un système de tolérance politique et religieuse, achèveront le bienfait de la pacification. Ce sera l'ouvrage de la clémence , semblable à ces pluies bienfaisantes, qui, dans un jour de tempête, tombent sur la terre au milieu de la foudre et de la majesté de l'orage.

———————

Le premier consul a voulu rétablir ces signes extérieurs qui fixent l'attention , réveillent les idées, commandent le respect et la soumission, frappent l'imagination et subjuguent les cœurs. Tous les législateurs, tous les magistrats, tous les fonctionnaires publics, ont un costume noble et majestueux. « La majesté du cérémonial , dit « J. J. Rousseau, impose au peuple; elle donne « à l'autorité un air d'ordre et de règle, qui ins- « pire la confiance, et qui écarte les idées de ca- « price et de fantaisie attachées à celle du pouvoir « arbitraire. » Qu'il nous soit permis ici d'exprimer un vœu qui nous est inspiré par l'amour de l'ordre et de la justice. Il faut, dans les républiques comme dans les monarchies , montrer au peuple l'appareil de la puissance et de la grandeur. Nous desirions que le gouvernement fît revivre ces anciennes institutions qui créaient des signes extérieurs, destinés à récompenser les talens et les vertus. Rappelons ici ces paroles de l'auteur d'Émile, qu'on n'accusera ni d'amour pour le

faste, ni d'attrait pour les distinctions. « J'observe,
« dit-il, que, dans les siècles modernes, les hom-
« mes n'ont plus de prise les uns sur les autres,
« que par la force et par l'intérêt ; au lieu que
« les anciens agissaient beaucoup plus par la per-
« suasion, par les affections de l'ame, parce qu'ils
« ne négligeaient pas la langue des signes ; toutes
« les conventions se passaient avec solennité :
« pour les rendre plus inviolables, avant que la
« force fût établie, les dieux étaient les magis-
« trats du genre humain ; c'est pardevant eux que
« les particuliers faisaient leurs traités, leurs
« alliances, prononçaient leurs promesses ; la face
« de la terre était le livre où s'en conservaient les
« archives ; des rochers, des arbres, des mon-
« ceaux de pierres, consacrés par ces actes, et
« rendus respectables aux hommes barbares,
« étaient les feuillets de ce livre ouvert sans cesse
« à tous les yeux ; le puits du serment, le puits
« du vivant, et, voyant le vieux chêne de Mambré,
« le monceau du témoin. Voilà quels étaient les
« monumens grossiers, mais, augustes de la sain-
« teté des contrats ; nul n'eût osé d'une main sa-
« crilége attenter à ce monument, et la foi des
« hommes était plus assurée par la garantie de
« ces témoins muets, qu'elle ne l'est aujourd'hui
« par toute la vaine rigueur des lois.

« Dans le gouvernement, l'auguste appareil de
« la puissance royale en imposait aux sujets ; des
« marques de dignité, un trône, un sceptre, une
« robe de pourpre, une couronne, un bandeau,
« étaient pour eux des choses sacrées ; ces signes,
« respectés, leur rendaient vénérable l'homme
« qu'ils en voyaient orné ; sans soldats, sans me-
« nace, sitôt qu'il parlait, il était obéi ; maintenant,
« qu'on affecte d'abolir ces signes, qu'arrive-t-il
« de ce mépris ? que la majesté royale s'efface de
« tous les cœurs, que les rois ne se font plus obéir
« qu'à force de troupes, et que le respect des
« sujets n'est que dans la crainte du châtiment.
« Les rois n'ont plus la peine de porter leur dia-
« dême, ni les marques de leurs dignités ; mais il
« faut avoir cent mille bras toujours prêts pour
« faire exécuter leurs ordres ; quoique cela leur
« semble plus beau, peut-être il est aisé de voir
« qu'à la longue cet échange ne leur tournera pas
« à profit..... Que d'attention chez les Romains à
« la langue des signes ! des vêtemens divers, sui-
« vant les âges, selon les conditions ; des toges,
« des saies, des prétextes, des bulles, des lati-
« claves, des chaires, des licteurs, des faisceaux,
« des haches, des couronnes d'or, d'herbes, de
« feuilles, des ovations, des triomphes ; tout chez
« eux était appareil, représentation, cérémonie,

« et tout faisait impression sur les cœurs des ci-
« toyens. »

———————

Les législations modernes n'ont presque rien
fait pour la régénération des peuples. Chez les
anciens, les créations morales avaient de la profondeur et de la puissance; chez nous, on a oublié
l'art des institutions morales; rien dans les constitutions actuelles ne retrace plus cette sagesse
antique qui épurait les mœurs publiques, et trans-
formait une multitude éparse en un véritable
corps de nation. On ne sait plus établir entre les
mœurs et les lois, les opinions et les gouvernemens,
ces rapports qui doivent unir la politique et la
législation à la morale. On cherche à éclairer l'esprit, et non à perfectionner le cœur. C'est dans
des théories obscures qu'on va chercher ces maximes qui doivent régir les sociétés politiques; on
s'occupe à établir la liberté de l'homme, mais on
ne travaille point au bonheur des peuples.

Bonaparte s'occupera à régénérer les mœurs
publiques : sans mœurs, il ne peut y avoir ni patrie, ni lois, ni justice, ni bonheur. La morale
est aussi nécessaire à l'harmonie sociale, que les
grandes forces de la nature à l'harmonie de l'univers. Un peuple corrompu perd ses droits et son

indépendance, s'asservit lui-même, et se prépare
des fers honteux qui perpétueront sa misère et sa
servitude; sans les mœurs, la législation n'est qu'un
vain ouvrage des arts ; les lois toutes seules feront
des esclaves ; mais les lois unies avec les mœurs
formeront des hommes libres et des citoyens vertueux : n'oublions jamais qu'avec les mœurs les
lois peuvent tout, et sans les mœurs ne peuvent
rien. Les mœurs fortifient les bonnes lois, suppléent aux lois insuffisantes, et corrigent les mau-
vaises: des calamités publiques, des guerres mal-
heureuses, peuvent mettre en danger la République ; mais, si elle a des mœurs, elle ne doit craindre ni les maux de l'anarchie, ni les crimes de la
tyrannie, ni les attentats de la rebellion : affermie
sur cette base immortelle, elle bravera les fureurs des révolutions, et les invasions des conquérans ; sa force et sa puissance en imposeront à
ses ennemis ; son existence politique ne périra
jamais ; elle gouvernera l'Europe, et commandera
aux autres nations. La Grèce fut brillante et heureuse sous les Solon, les Lycurgue, les Pélopi-
das ; le luxe de Périclès, les vices de Pisistrate,
les débauches d'Alcibiade, les cruautés de Nabis,
la tyrannie de Périandre, préparèrent sa destruction. Rome, gouvernée par les Camille, les Fa-
bricius et les Caton, présenta le spectacle ma-

jestueux de la gloire et de la grandeur; les richesses de Crassus, les crimes de Scylla, le faste
de Lucullus, l'ambition de César, enfantèrent
les factions, les guerres civiles, l'esclavage, et la
ruine de l'empire romain. Avec des mœurs, vous
verrez un nouvel ordre de choses plus heureux
et plus consolant ; ces nœuds précieux, qui unis-
sent le peuple français à son premier magistrat
et à ses représentans, se fortifieront, s'embelli-
ront; la justice et la morale affermiront la liberté
et les lois; le gouvernement donnera l'ordre moral pour base à l'ordre politique; il sera juste et
clément; le peuple obéira aux lois, sera libre,
heureux et puissant. [1]

---

[1] Il vient de paraître un ouvrage qui a pour titre
Récréations Morales, par le citoyen HÉKEL, où les
maximes de la morale y sont développées avec autant
de force que de goût et de vérité. On y voit la profondeur des pensées, la noblesse et l'élégance du style,
la pureté des principes, la beauté des images et les
variétés brillantes des descriptions : tout, dans cet ouvrage, est agréable et instructif; il respire l'amour du
bien, de l'ordre, du juste et du beau. Comme le génie
de l'auteur est dans son cœur, c'est au cœur de ceux
qui le lisent qu'il parle, et se fait entendre. Après la
lecture de cet ouvrage, on respire, on se sent sou-
lagé, l'ame se repose, et l'esprit est éclairé; on s'é-
crie : Bénissons la Providence ! il existe encore des

Bonaparte est religieux sans fanatisme, et sage sans ostentation ; il sait que la religion de l'Evangile éclaire l'esprit, perfectionne le cœur, règle la morale publique, ramène les peuples à la pratique de ses devoirs, et prépare le règne paisible de la justice et des lois ; voilà cette religion que Dieu a gravée dans le cœur de l'homme, que le philosophe, que le citoyen pratique dans le silence. La raison, dit Confucius, est une émanation de la divinité ; la loi suprême n'est que l'accord de la raison et de la nature : toute religion qui contredit ces deux guides de la raison humaine ne vient point du ciel ; cette religion de l'Evangile commande l'obéissance à l'autorité, et la soumission aux lois. Tous les citoyens qui veulent participer aux droits de la cité, et exercer les fonction, doivent déclarer au magistrat civil fidélité au pacte social ; cette déclaration a été substituée au serment que la loi avait commandé : mais on a reconnu que les sermens ressemblent au papier-monnnaie ; à force de les multiplier, on leur fait perdre leur valeur. L'histoire nous apprend

écrivains qui ont le courage de dire la vérité, de proclamer les principes de la morale, et d'exhorter à la vertu.

que la multiplicité des sermens prépare la décadence des empires : un serment doit être lié à
l'idée de la divinité ; si vous n'en faites point un
acte de religion , c'est une chimère que vous avez
créée , et une école de perfidie que vous éta-
blissez.

Le serment est un acte religieux exprimé souvent par un athée , ou par un homme pervers ;
c'est souvent le ciel pris à témoin d'un sacrilége
ou d'une apostasie ; c'est un signe extérieur que
la vertu n'a jamais besoin de faire , et qui ne fut
connu que des peuples corrompus ou esclaves.
Au lieu de contenir les méchans , le serment tour-
mente la conscience de l'homme de bien ; au lieu
d'ajouter à la solennité des engagemens , il a presque anéanti la religion des promesses, il a révélé
tous les secrets de l'ancienne corruption de nos
cœurs , il en a précipité la ruine. Bonaparte a
compris que le serment violerait la liberté des
consciences, pourrait compromettre la tranquillité
publique, et devenir une source éternelle de haine
et de divisions. Il a brisé cette verge de fer qui
soumettait le peuple français à la rigide obser-
vance des fêtes décadaires, et il lui a permis de
suspendre ses travaux les jours que les institutions
religieuses lui ordonnaient de consacrer au repos.
C'est ici qu'on peut lui adresser ces paroles de

consolation : Homme de bien, soyez béni, vous nous avez rendu nos temples, la liberté d'adorer le Dieu de nos pères ; vous avez rappelé la concorde dans les familles, la morale dans les cœurs, vous avez fait chérir le législateur et respecter toutes les lois ! Qu'ils sont donc coupables ces prêtres d'un Dieu de paix, qui refusent fidélité au pacte social qui nous régit ! ils ne méritent ni clémence, ni pitié, ni protection ; qu'ils secouent la poussière de leurs souliers, qu'ils abandonnent une patrie qu'ils déshonorent par leur infidélité, et qu'ils aillent dans des contrées ennemies porter le poison de leur fausse doctrine et de leurs dogmes pervers.

Le premier consul, tolérant par principe et par sentiment, protége toutes les religions et tous les cultes. Il sait que toutes les institutions religieuses, quelle que soit la différence des dogmes, sont le fondement le plus sûr de la morale sociale. Cette tolérance que l'Evangile enseigne, que la philosophie proclame, enchaîne la superstition, et fait chérir les lois saintes de l'humanité. Que le Catholique ait ses églises, le Protestant ses temples, le Juif ses synagogues, l'Indien ses pagodes, le Musulman ses mosquées, l'état social ne sera point troublé par ces dissensions religieuses, qui enfantent les haines et les persécutions. Le dieu de la nature aime et reçoit les hommages, les vœux et les prières des hommes de tous les climats, de toutes les religions; l'habitant des bords du Nil et du Gange lui est aussi cher et aussi précieux que le prêtre qui est assis sur le trône pontifical; il est le père de tous, comme tous sont ses enfans et ses héritiers. Ah! si ces principes de l'Evangile et de la raison eussent été connus et annoncés par des apôtres de paix et de consolation, la terre n'aurait pas été couverte de crimes, et arrosée de sang humain; on n'aurait vu ni esclaves, ni tyrans, ni oppresseurs, ni opprimés; le fanatisme n'aurait pas immolé ses victimes, et l'intolérance n'aurait pas fait des martyrs : les hommes, unis par les liens de l'amour et de la bienfaisance, auraient été libres et heureux; la nature, en embellissant leur séjour, aurait multiplié leurs plaisirs, et Dieu ne se serait point repenti de les avoir créés.

———

Bonaparte est pénétré de cette grande vérité, qu'il faut réunir à la politique et à la législation un systéme religieux, protecteur de toutes les religions et de tous les cultes, et, de concert avec le saint siége, il va donner au peuple français l'ancienne religion de l'état, et rétablir le culte public. La religion est

la base des mœurs publiques, la consolation des
malheureux, et, pour nous servir de l'expression
brillante d'Homère, la chaîne d'or qui suspend la
terre au trône de la divinité. La religion est nécessaire aux peuples et aux chefs des nations ; nul
empire n'exista jamais sans la religion. Les peuples
les plus barbares ont eu des dieux et un culte ;
souvent ces dieux étaient ridicules, et souvent
leur culte était atroce : mais la raison humaine a
compris, même dans ses plus grands égaremens,
qu'une religion était nécessaire aux hommes. Il en
faut une pour le peuple, à qui les philosophes ne
peuvent donner que de fausses lumières, des erreurs et des vices ; il en faut une pour les philosophes qui portent dans leurs ames le germe de toutes
les passions ; il en faut une pour l'état, car la religion est le premier ressort des lois politiques et
civiles ; elle est la pierre angulaire de l'édifice social ; elle imprime aux lois un caractère de force
et de majesté, puisqu'elle en recommande au peuple l'observation, et qu'elles lui ordonnent d'o-
béir aux puissances qui exercent l'autorité. La
religion est le supplément des lois ; elle prend
l'homme où les lois l'abandonnent ; elle le frappe
où les lois ne peuvent l'atteindre, dans les ténèbres de la nuit, dans le secret de ses foyers, dans
le sanctuaire de sa pensée, dans l'impunité dont

le couvre la suprême puissance ou le silence des
lois; et c'est ainsi qu'elle devient la plus sûre garantie de l'ordre public. Sans la religion, la liberté
dégénère en licence, le pouvoir en despotisme; on
obéit aux lois par crainte: la force fait des esclaves,
la religion forme des citoyens.

Ce fut assurément, dit l'auteur des Provinciales
Philosophiques, une idée bien sage et bien sublime dans la religion, que celle d'avoir mis le
gouvernement de la société, comme celui des as-
tres, sous la sauve - garde de la divinité, d'avoir vu
le premier protecteur et le premier vengeur des
lois, dans un Dieu qui ne souffrira pas impunément que les passions l'emportent sur le bien général, qui veille sur l'état, comme sur son ouvrage,
sur le prince, comme sur son image, et sur le peuple, comme sur ses enfans ; par là, le chef du
peuple est averti que son empire doit être signalé,
comme celui de Dieu, par la bonté, la vigilance,
la justice, l'amour, la bienfaisance, et qui deman-
dera aux administrateurs des sociétés humaines un
compte sévère de l'emploi qu'ils auront fait de la
puissance qu'il leur a confiée; par là, tous les sujets
sont maintenus dans le respect des chefs et de la
loi : l'autorité ne peut avoir une source plus noble, la tyrannie, un frein plus redoutable, la paix
et le bonheur public, un garant plus sûr.

Qu'ils sont coupables et insensés ces novateurs modernes qui veulent séparer la religion du système politique d'un état ! Tous les législateurs de l'antiquité ont reconnu la nécessité, et la sagesse de cette union : ils ont regardé son influence dans le gouvernement et dans la législation comme essentiellement nécessaire et indispensable ; ils ont établi les lois fondamentales de la religion sur l'ordre naturel, politique et civil. La société doit son institution à la nature, sa perfection à la loi : les lois de la nature et de la politique ne peuvent recevoir leur sanction et leur force que de la religion. L'intervention de cet ordre si heureux et si salutaire a produit les malheurs des nations, l'anarchie des sociétés, et les crimes des révolutions. C'est sur-tout chez les peuples éclairés des lumières du christianisme que la religion a une union intime, et des rapports continuels avec l'ordre politique et social : cette union doit être intime et sacrée, et de cette heureuse communication naissent la paix des empires et les vertus des peuples.

Les législateurs anciens savaient que la religion était le plus ferme appui de leur autorité et de leur puissance. Pour donner à leurs lois une sanction plus redoutable, ils leur supposaient une origine divine ; ils annonçaient aux peuples qu'ils

avaient une communication immédiate avec les
dieux. Minos, au rapport d'Homère, allait tous les
neuf ans dans l'antre de Jupiter, et il persuadait
aux Crétois que, dans ce lieu sauvage, le maître
du ciel lui avait inspiré les lois qu'il leur donnait.
Zalmokir en Thrace, Zaleucus chez les Locriens,
Amasis chez les Égyptiens, Triptolème chez les
Athéniens, Zoroastre chez les Bactriens, Zul-
thraustre chez les Arimusphes, Pythagore chez
les Crotoniates, Lycurgue chez les Lacédémoniens, Romulus et Numa chez les Romains,
Thot et Odin chez les Visigoths, Mahomet chez
les Arabes, et Gengiskan chez les Mogols, vou-
lurent faire descendre du ciel les lois qu'ils donnaient à leurs peuples; ces législateurs étaient pé-
nétrés de la nécessité d'unir la religion à la politique, à la législation et au gouvernement.

Les témoignages les plus incontestables de
l'histoire nous attestent que le théisme fut la religion dominante des hommes; le polythéisme vint
obscurcir et effacer les notions pures que l'on
avait de la divinité. Au milieu de cette confusion
et de cette idolâtrie, on conserva toujours des
formes religieuses, qui furent unies au droit civil,
et inscrites dans le code politique. La théologie
fit partie de la législation; le sacerdoce et l'empire se réunirent pour former le pacte national

et religieux. Romulus, fondateur de Rome, y établit le culte des dieux qu'Énée avait apporté de l'Italie. Les Romains eurent leurs pontifes, leurs magistrats, leurs sacrifices, leurs augures, et les actes les plus importans de la vie portaient le caractère et l'empreinte d'un contrat civil et religieux. Lorsque les Romains commencèrent à mépriser leurs dieux et leurs oracles, ils perdirent leur goût de la vertu, et ne respectèrent plus la foi des traités et des conventions. Le germe de l'esclavage de Rome commença à naître du moment que les principes religieux s'affaiblirent. Montesquieu met parmi les principales causes de la décadence des Romains, l'oubli de la religion. Horace attribue les crimes horribles de Marius, de Scylla, et des triumvirs, à l'affaiblissement des idées religieuses. Polybe, chargé de rédiger des lois pour la Grèce, après qu'elle eût été réduite sous la puissance des Romains, s'exprime ainsi en parlant de Rome : « L'excellence supérieure « de la république éclate particulièrement dans « les idées qui y règnent sur la providence des « dieux..... Il me semble que ce puissant motif a « été expressément imaginé pour le bien des états. « S'il fallait, à la vérité, former le plan d'une société « civile qui fût entièrement composée d'hommes « sages, ce genre d'instruction ne serait peut-être

« pas nécessaire ; mais puisqu'en tous lieux la
« multitude est volage, capricieuse, sujette à des
« passions irrégulières, et à des ressentimens vio-
« lens et déraisonnables, il n'y a d'autre moyen
« de la retenir dans l'ordre, que la terreur des
« châtimens futurs. C'est pourquoi les anciens me
« paraissent avoir agi avec beaucoup de jugement
« et de pénétration dans le choix des idées qu'ils
« ont inspirées au peuple concernant les dieux et
« un état futur.... Et le siècle présent montre beau-
« coup d'indiscrétion, et un grand manque de
« sens, lorsqu'il tâche d'effacer ces idées, qu'il
« encourage le peuple à les mépriser, et qu'il lui
« ôte le frein de la crainte des jugemens des dieux.
« Qu'en résulte-t-il ? en Grèce, rien n'est capable
« d'engager ceux qui ont le maniement des de-
« niers publics à être fidèles à leurs devoirs ;
« parmi les Romains, au contraire, la seule reli-
« gion rend la foi du serment un garant sûr de
« l'honneur et de la probité de ceux à qui on
« confie les sommes les plus considérables, soit
« dans les ambassades étrangères ; et, tandis qu'il
« est rare en d'autres pays de trouver un homme
« intègre et désintéressé qui puisse s'abstenir de
« piller le public, chez les Romains, rien n'est
« plus rare que de trouver quelqu'un coupable de
« ce crime. »

« Jetez les yeux, dit Plutarque, dans son traité
« contre l'épicurien Colotès, sur toute la face de
« la terre, vous y pourrez trouver des villes sans
« fortifications, sans tribunaux réguliers, sans
« habitations distinctes, sans professions fixes,
« sans propriétés, sans l'usage des monnaies, et
« dans une ignorance profonde des lettres et des
« beaux arts; mais vous ne trouverez nulle part
« une ville sans la connaissance d'un dieu ou
« d'une religion, sans l'usage des vœux, des ser-
« mens, des oracles, des sacrifices, pour se pro-
« curer les biens, ou sans rites déprécatoires pour
« détourner les maux.... Il est aussi impossible,
« dit-il ailleurs, de fonder une république sans
« religion, que de bâtir une ville en l'air. »

« Otez la religion à l'homme, dit Cicéron, et
« sa vie n'est plus que trouble, ses institutions
« ne sont plus que désordres; faites disparaître la
« piété envers les dieux, aussitôt la bonne foi,
« cette vertu qui est universelle, cette vertu qui est
« la vertu par excellence, la justice, va disparaître
« avec la société. » — « Les états, dit Machiavel,
« qui voudront se bien conserver, et ne point
« tomber dans la corruption, doivent, sur toutes
« choses, maintenir la religion dans sa pureté; car
« il n'y a point de pronostic de la ruine d'un état,
« que lorsqu'on y voit le peuple sans religion. Il

« faut donc respecter les sentimens religieux
« comme le moyen d'entretenir le peuple dans
« l'union et la probité. »—« La religion, dit Mon-
« tesquieu, est toujours le meilleur garant que
« l'on puisse avoir des mœurs et de la probité des
« hommes. » J. J. Rousseau, non seulement veut
une religion civile, et que le souverain puisse im-
poser à chaque individu une profession de foi, et
en fixer les articles; mais il déclare que quiconque
ne la croit point est incapable d'être bon citoyen, ni sujet fidèle; il le condamne au bannis-
sement comme insociable; et ceux qui, après
avoir reconnu publiquement ces mêmes dogmes,
se conduiraient comme n'y croyant point, il veut
qu'ils soient punis de mort. « Le législateur, ajoute
« l'auteur du Contrat Social, ne pouvant employer
« ni la force, ni le raisonnement, c'est une néces-
« sité qu'il ait recours à une autorité d'un autre
« ordre, qui puisse entraîner sans violence, et
« persuader sans convaincre; voilà ce qui força
« de tous temps les pères des nations à recou-
« rir à l'intervention du ciel, et d'honorer les
« dieux de leur propre sagesse, afin que les
« peuples soumis aux lois de l'état comme à
« celles de la nature, et reconnaissant le même
« pouvoir dans la formation de l'homme et dans
« celle de la cité, obéissent avec liberté, et

« portent doucement le joug de la félicité pu-
« blique. »

« Rien ne nous est plus nécessaire, dit Dalem-
« bert, qu'une religion révélée ; à la faveur des
« lumières qu'elle a communiquées au monde,
« le peuple même est plus ferme et plus décidé
« sur un grand nombre de questions intéressantes,
« que ne l'ont été toutes les sectes des philoso-
« phes. Jésus, dit Diderot, en apportant au monde
« sa religion, s'est proposé d'instruire les hom-
« mes, et de les rendre meilleurs. La conduite des
« anciens législateurs nous fait voir évidemment
« qu'on a vu, dans tous les temps, que le dogme
« d'une providence qui se mêle des affaires hu-
« maines est le plus puissant frein qu'on puisse
« donner aux hommes, et que ceux qui regar-
« dent la religion comme un ressort inutile dans
« un état, connaissent bien peu la force de son in-
« fluence sur les esprits ; cette religion, encore
« qu'elle semble avoir d'autre objet que la félicité
« de l'autre vie, est pourtant celle qui peut le
« plus contribuer à notre bonheur dans celle-ci ;
« son extrême utilité vient de ses préceptes et de
« ses conseils. » Écoutons sur cette matière importante le grand et vertueux Washington dans
son testament aux Américains. « La religion,
« dit-il, et la morale, sont l'indispensable appui

« des dispositions et des habitudes salutaires, d'où
« découle la prospérité des empires. En vain at-
« testerait-on le patriotisme d'un peuple, si l'on
« travaille à faire crouler ces deux puissantes co-
« lonnes de la félicité du genre humain, ces deux
« états les plus solides des devoirs de l'homme et
« du citoyen. Où sera le respect des propriétés,
« de l'honneur et de la vie d'autrui, si vous les
« faites disparaître ? Quels guides resteraient
« aux tribunaux pour découvrir la vérité, si les
« sermens sont dépouillés d'un caractère sacré ?
« Je veux bien, par un effort d'indulgence, sup-
« poser que la probité puisse se maintenir sans le
« secours de la religion ; mais l'expérience et la
« raison ne permettent point d'espérer que la mo-
« rale d'une nation considérée en masse soit sus-
« ceptible de se séparer isolément, et avec l'exclu-
« sion des principes religieux. »

Bayle s'efforce d'établir qu'un état peut exister
sans religion : Quand même, dit Laharpe, il pourrait étayer son système par le fait de quelques
hordes sauvages, il lui resterait à prouver que la
même chose peut avoir lieu chez un grand peuple
civilisé. Le publiciste Bielfeld prétend qu'une nation, chez qui les principes religieux s'éteignent,
marche rapidement vers sa décadence; pour jus-
tifier son opinion, il suffit de jeter un regard sur

les mœurs actuelles, comparées à leur état avant la révolution. L'époque de l'abandon des idées religieuses est celle de la démoralisation la plus alarmante ; ce frein sacré ayant été rompu, tous les vices ont inondé la société, et tous les crimes ont été commis. Les suicides se multiplient, on n'entend raconter que le triste récit des attentats et des supplices des coupables. Le malfaiteur brave l'échafaud où il doit expier ses crimes ; il y monte sans trembler, parce qu'il croit mourir tout entier, et ne trouver après son trépas que l'affreux repos du néant. On fera des lois, on infligera des peines pour arrêter ce cours continuel et effrayant des forfaits ; mais nous demanderons que peuvent les lois sans les sentimens religieux ? Il faut donc un principe actif qui, suivant l'homme dans la solitude et les ténèbres, entre dans son cœur pour y créer des vertus ou des remords, qui place les qualités sociales dans le cercle des devoirs, et qui en les faisant chérir, en facilitant les moyens de les accomplir, mette du prix, du plaisir même aux sacrifices que l'on fait pour la chose publique. Alors sa conscience mêle sa voix à celle du législateur, et ses peines à celles dont la loi punit les infracteurs. L'affreux système de l'athéisme tue et glace, tandis que l'idée de Dieu parle au cœur, à l'ame, au sentiment ; elle porte

avec soi un charme doux et consolateur dans le
sein du mortel qui en est pénétré; par elle, l'in-
nocent persécuté se résigne et espère; le méchant
se repent ou tremble. La religion établit dans le
sein des familles un héritage de bonnes actions,
qui sont les pierres angulaires de la liberté; la loi
est alors dans le cœur, et la conscience en est le
magistrat le plus éclairé, le plus intègre: sur elle,
repose la fidélité dans les traités et les contrats.
Quand un Turc a juré sur l'Alcoran, la sécurité de
ceux qui ont traité avec lui résulte de la vénération qu'imprime dans son ame un livre qu'il
regarde comme sacré. Et, quelle nation voudrait
traiter avec un peuple dont les principes ne pré-
senteraient aucune garantie de sa bonne foi dans
le commerce, et de sa solidité dans les négociations diplomatiques? L'athéisme rompt tous les
liens du pacte social, éteint l'amour de la patrie,
et détruit la conscience de l'univers. Les Grecs,
ces fiers et sages républicains, ces zélateurs de la
vraie liberté, chassaient de leurs cités, comme un
ennemi public, le sophiste pervers qui osait nier
l'existence de la divinité. L'aréopage instruit des
troubles que répandait dans la république d'A-
thènes le dogme affreux des Diagoras enseignant
qu'il n'y avait d'autre Dieu que la fatalité, mit sa
tête à prix, et le décret de proscription fut gravé

sur une colonne d'airain. Les Grecs étaient cependant tolérans et humains; mais ils pensaient que la croyance des dieux pouvait contenir le peuple dans l'obéissance et l'amour des lois, et que l'athée était un conspirateur qu'il fallait punir. Le congrès des États-Unis d'Amérique, qu'on n'accusera pas sans doute d'intolérance et de superstition, a déterminé que l'homme qui professait l'athéisme était indigne de posséder aucune charge de l'état, et que, pour y être admis, il en fallait aimer la religion. Si l'Être Suprême n'existait pas, il faudrait l'inventer pour l'effroi du méchant, pour l'espoir de l'homme de bien, et pour l'intérêt de l'ordre social. Non! après tant d'années de souffrances, de malheurs et de crimes, cette secte d'athées qui se répand dans l'état, comme ces insectes qui paraissent après un orage, ne détruira point dans l'ame du peuple ces sentimens religieux que la nature y a placés, que la religion y a fortifiés, et que l'habitude y a enracinés; ces sentimens, garans de la sûreté publique, et consolateurs de l'espèce humaine, se conserveront malgré les efforts d'une secte impie plutôt par intérêt que par opinion, qui ne veut pas de culte, parce qu'elle ne veut pas de religion, et qui ne veut point de religion, parce qu'elle ne veut point de morale, qui ne veut ni culte, ni morale, ni re-

ligion, parce qu'elle ne veut rien qui s'oppose à
sa domination, et qui, résolue de tout détruire
pour s'élever sur toutes les ruines, voudrait briser
tous les liens sacrés qui retiennent le peuple dans
le devoir et l'obéissance, pour le rendre factieux,
et profiter d'un bouleversement pour prêcher avec
impunité sa doctrine sacrilége et ses dogmes pervers. Le gouvernement sage et religieux réprimera l'audace de ces novateurs séditieux qui veulent briser tous les ressorts de l'ordre social, et
priver l'état de cette garantie morale qu'il trouve
dans les opinions religieuses des citoyens.

Il faut dans l'état une religion; il faut aussi un
culte, des temples et des ministres. Les législateurs
de l'antiquité ne se sont pas bornés à établir des
préceptes religieux, ils y ont joint des cérémonies,
et ont attaché à leur pratique la même importance qu'à celle des préceptes, parce qu'ils pensaient qu'il faut ramener la réflexion par les sens;
qu'un peuple a besoin de pompes et de cérémonies;
que les objets le frappent plus fortement que tous les
systèmes, et que la pompe qu'on offre à ses yeux
le conduit plus sûrement au respect. L'homme demeure froid et insensible au milieu des décou-

vertes de sa raison ; mais il est toujours facile de l'é-
mouvoir et de l'échauffer, quand on s'adresse à ses
sens et à son imagination. Les peuplades les plus
barbares du nord, les hordes sauvages qui errent
dans les déserts de l'Amérique, reconnaissent une
intelligence supérieure, lui offrent un culte, lui
immolent des animaux, et chantent des cantiques. L'histoire, dans ses pages séculaires, n'a jamais parlé d'aucun peuple qui ait existé sans connaître et sans adorer un Dieu.

Une des premières lois des Athéniens était
conçue en ces termes : « Honorez en public et
« en particulier les dieux et les héros. Que
« chacun leur offre tous les ans, suivant ses fa-
« cultés, les prémices de ses moissons. » Le sage
Socrate, pour combattre Platon son disciple,
qui lui proposait ses doutes sur la nécessité d'un
culte public, lui parle ainsi : « Ce que nous ap-
« pelons la gloire de l'être par excellence, n'est
« que la vanité humaine divinisée : Dieu n'a pas
« besoin de notre culte, mais ce culte convient à
« l'homme par lui-même : si j'étais le seul habitant
« de ce globe, le théisme simple me suffirait sans
« doute ; mais, né pour la société, j'ai d'autres de-
« voirs à remplir ; toutes les fois que j'entre dans
« un temple, je crois apprendre aux infortunés
« qui m'environnent que, si la justice dort sur la

« terre, le juge éternel veille encore ; l'aspect
« seul d'un autel suffit pour faire soupçonner à
« un tyran qu'il n'est pas aussi heureux que le
« juste qu'il persécute : oui, quand les plus su-
« blimes législateurs n'auraient point établi de
« culte public, pour rappeler sans cesse les
« hommes à Dieu, il faudrait que Platon l'intro-
« duisît dans sa république ; lui seul ramène à la
« simplicité primitive des cœurs flétris par l'op-
« probre, et asservis par les préjugés : voyez le
« peuple auprès du trône, il n'existe que pour
« sentir son néant ; mais, dans les temples, le
« dernier des hommes est égal au premier des
« rois.

    « Le culte extérieur est donc nécessaire à l'hom-
« me, parce qu'il semble composé de deux subs-
« tances. Le théisme pur ne conviendrait guère
« qu'à de pures intelligences ; dès que l'adorateur
« de Dieu a un corps, il faut que sa piété se
« manifeste par un homme corporel ; c'est là qu'il
« peut prouver au modérateur de la nature que
« tout son être est dans sa dépendance : un grand
« spectacle, et peu de religion semble l'apanage
« de l'homme grossier ; l'athée ne veut point de
« spectacle pour être libre de n'avoir point de
« religion ; le vrai philosophe est lié aux hommes
« par le spectacle, et à Dieu par la religion. »

« Accablé par ce raisonnement aussi juste que
« sublime, ô mon maître! ô grand homme! s'écrie
« le divin Platon, de quel trait de lumière venez-
« vous de me frapper! combien votre philosophie
« est faite pour germer dans tous les cœurs hon-
« nêtes et sensibles! que votre doctrine est bien
« différente de celle de ces sophistes présomp-
« tueux, qui ne dédaignent un culte public que
« parce qu'il les confond avec le peuple qu'ils mé-
« prisent, qui se font théistes pour se dispenser
« d'être religieux, et qui portent jusque dans
« l'hommage de leur néant le témoignage de leur
« fierté et de leur indépendance! » — « A Rome,
« comme à Athènes, il y avait des jongleurs sédi-
« tieux qui voulaient renverser le culte public, sous
« prétexte qu'il était inutile. Ils disaient que le tem-
« ple de l'homme de bien était l'univers entier,
« que la voûte des cieux était son autel. Voici
« comme Cicéron leur répondait : Je ne suis pas
« la doctrine des mages de Perse, sur l'avis des-
« quels on dit que Xerxès fit mettre le feu aux
« temples des Grecs, parce qu'ils renfermaient
« entre des murailles les dieux à qui tout doit
« être ouvert, et dont l'univers est le temple et
« le domicile. Les Grecs et les Romains, après
« eux, ont pensé plus raisonnablement, quand,
« pour affermir la piété que nous devons avoir

« pour les dieux, ils ont voulu qu'ils eussent leur
« habitation dans les villes de même que les hom-
« mes ; car cette opinion nourrit la religion , et
« *fait un très-bon effet dans la société* ,
« puisque, selon cette belle pensée de Pythagore,
« la piété et la religion ne font jamais tant d'im-
« pression sur l'esprit que lorsque nous sommes
« occupés du service divin, et que, suivant Tha-
« lès, le plus renommé des sept sages, nous de-
« vons être persuadés que tout est plein des dieux,
« et que rien n'échappe à leurs regards. » — « Pres-
« que tous les peuples policés, dit Montesquieu, ha-
« bitent dans des maisons ; de là, est venue natu-
« rellement l'idée de bâtir à Dieu une maison où
« ils puissent l'adorer et l'aller chercher dans leurs
« craintes ou leurs espérances. En effet, rien n'est
« plus consolant pour les hommes qu'un lieu où ils
« trouvent la divinité plus présente, et où, tous
« ensemble, ils font parler leur faiblesse et leur
« misère. Toutes les fois qu'un génie malfaisant,
« dit Zaleucus, entraîne un homme vers le crime,
« qu'il se réfugie dans les temples, aux pieds des
« autels, dans tous les lieux sacrés, pour deman-
« der l'assistance divine. » Les historiens romains
attribuent les revers et les défaites des généraux
à leur mépris ou à leur négligence des cérémonies
religieuses. Ces cérémonies cependant étaient l'ou-

vrage de la plus extravagante superstition ; mais comme les Romains les regardaient liées à la religion , elles devaient avoir nécessairement l'influence des principes religieux. « Quelque ridi-
« cule , dit Voltaire , que l'esprit philosophique
« puisse jeter sur les pieuses cérémonies, il est
« incontestable que , dans un temps où la religion
« est respectée , il n'y a point d'instruction qui
« puisse être d'un plus grand usage pour la mul-
« titude grossière. L'église d'Angleterre , quoi-
« qu'elle ait conservé une partie des cérémonies
« catholiques, est peut-être trop nue , trop peu
« ornée ; l'esprit est plus capable d'une piété
« plus soutenue en se relâchant par le spectacle
« des peintures, des attitudes , des habits , ou des
« édifices. »—« Le culte public', dit M. Necker,
« en rassemblant les hommes , en les repliant sans
« honte sur leurs faiblesses , et en les égalisant
« tous devant le maître du monde , est, sous ce
« rapport seul, une grande leçon de morale. Mais
« ce culte est encore, pour les uns, un ressouvenir
« habituel de leurs devoirs, et pour les autres, une
« source constante de consolation : c'est aux ames
« douces et sensibles qu'il est nécessaire ; elles ont
« besoin qu'on leur représente sans cesse l'image
« d'un Dieu tutélaire ; elles ont besoin de l'aimer
« en secret , et de l'adorer dans ses temples ; elles

« ont besoin de se sentir environnées, et de se
« mêler, pour ainsi dire, à une émotion générale,
« pour oser élever au ciel leurs vœux tremblans
« et leurs timides prières. Enfin, presque tous les
« hommes, étonnés, accablés par les idées de
« grandeur et d'infini que leur présente le spec-
« tacle de l'univers, de leur propre pensée, aspi-
« rent à trouver un repos dans le sentiment d'ado-
« ration qui les unit, au moins par leur respect, à
« celui qu'ils ne sauraient atteindre en déployant
« toutes les forces de leur esprit. »

Nos convulsions sociales ont produit une secte
qui réunit à l'absurdité de ses principes politiques
l'extravagance de ses dogmes religieux. Elle ne
veut dans la religion ni temples, ni autels, ni
cérémonies, ni pontificat, ni sacerdoce, et dans
l'état ni hiérarchie dans le pouvoir, ni unité
dans le gouvernement, ni autorité suprême
dans le chef de la nation; ces démocrates fanati-
ques, ces sophistes de mauvaise foi, propagent
ce double système de corruption et d'anarchie
démocratique, propre à soulever le peuple
contre l'autorité légitime, et à désorganiser les
états. Ces novateurs inquiets et audacieux veulent s'opposer au rétablissement de la religion nationale, qui seule peut conserver et affermir les
droits et le pouvoir constitutionnel du premier

magistrat de la République. Ces hypocrites adroits sèment autour du gouvernement des craintes et des soupçons, répandent de vaines terreurs, et ont l'air, par une habile séduction, de cacher leur ambition et leurs projets anarchiques sous le voile du patriotisme et de l'intérêt public, prétexte éternel de toutes les factions. Ils deviennent méchans et calomniateurs par système et par intérêt: qu'on descende dans leurs consciences, et l'on connaîtra leurs vues secrètes; ils veulent détruire ce pouvoir du gouvernement qui a été confié à un seul, entretenir dans l'état des révolutions éternelles, et établir la démagogie sur les ruines du gouvernement représentatif, le plus beau, le plus utile, et le plus sage de tous les gouvernemens.

Le premier consul découvrira les manœuvres secrètes, bravera les clameurs, et réprimera l'audace de ces sectaires, ennemis ardens de son autorité. C'est ici qu'il montrera cette force de génie, cette vigueur de caractère, qui lui ont facilité le succès de toutes ses entreprises, et qui doivent lui assurer l'exécution de ces grandes vues, de ces sublimes conceptions, destinées à préparer la splendeur de l'état, et à faire la félicité du peuple. Ces immenses et utiles travaux placeront Bonaparte au rang de ces hommes privilégiés que la nature crée quelquefois pour l'ornement de la terre, et pour le bonheur de l'humanité. Oui, le premier consul rétablira la religion romaine, parce que c'est la religion antique de l'état et du peuple français; il la rétablira, parce que sa morale et ses dogmes se réunissent pour conserver l'autorité des lois, et pour l'entourer d'une sanction divine; il la rétablira, parce qu'un gouvernement ne peut pas exister sans religion, et qu'il faut ce frein puissant pour forcer les chefs des nations à pratiquer les lois de la justice, et à rendre leurs peuples heureux. « Quand il serait « inutile, dit Montesquieu, que les sujets eussent « une religion, il ne le serait pas que les princes « en eussent, et qu'ils blanchissent d'écume le « seul frein que ceux qui ne craignent point les « lois humaines puissent avoir. Un prince qui aime « la religion, et qui la craint, est un lion qui « cède à la main qui le flatte, ou à la voix qui « l'appaise. Celui qui craint la religion, et qui la « hait, est comme les bêtes sauvages qui mordent « la chaîne qui les empêche de se jeter sur ceux « qui passent. Celui qui n'a point du tout de reli- « gion est cet animal terrible qui ne sent sa liberté « que lorsqu'il déchire et qu'il dévore. » — Il faut, « dit l'immortel Bossuet, que les peuples espè- « rent en Dieu, et que leurs chefs le craignent. » « — Quand la religion, dit M. Necker, ne sert plus

« de guide aux chefs des états, il ne reste alors
« que le despotisme pour gouverner, et la servi-
« tude pour obéir. »

Le peuple français conserve pour la religion
de ses pères cet amour et ce respect que les crimes de la révolution n'ont pu affaiblir. Il a vu
dans le silence de la douleur la destruction des
temples, la profanation des mystères sacrés, le
scandale et la prostitution dans le lieu saint. Il
attendait un libérateur qui vînt réparer avec ses
mains triomphantes les ruines du sanctuaire,
relever les autels abattus, et rétablir la solennité
des fêtes et des cérémonies. Le peuple est pret à
faire le sacrifice qu'exigent les dépenses du culte
public ; s'il pose sur l'autel de la patrie ces tributs
que la loi exige, avec quels transports d'alégresse
il posera sur les autels de la religion ces dons et
ces offrandes destinés à perpétuer un culte d'amour
et de reconnaissance ! Avec quel ravissement il
reverra les monumens de sa vénération et les objets de sa piété ! avec quel plaisir il ouvrira ses
trésors, et consacrera les prémices de ses moissons pour orner le sanctuaire, et pour secourir
ces pontifes vénérables qui lui présenteront le
spectacle édifiant des vertus, lui annonceront les
vérités consolantes de l'Évangile, et l'exhorteront
à obéir aux lois, et à demander au ciel la con-

servation de ce héros magistrat qui réunit le génie de Charlemagne aux vertus de Louis IX! L'amour de la patrie forme des guerriers et des soldats; l'amour de la religion crée des citoyens. La force militaire et la religion, voilà ces bases inébranlables qui soutiennent les gouvernemens, les lois, les institutions, et leur promettent l'immortalité.

Le projet de Bonaparte, de rétablir la religion nationale et le culte public, honore son génie et atteste ses vertus. C'est le chef-d'œuvre de la prudence et de la sagesse. La religion, montrée dans son appareil de puissance, de majesté, et dans la solennité de ses fêtes et de ses cérémonies, ouvrira toutes les sources de la félicité publique; elle commandera au peuple la soumission et l'obéissance aux lois de l'état; elle gravera dans son cœur cet amour et ce respect qu'il doit à son premier magistrat; elle présentera aux citoyens un gage de l'intégrité de leurs concitoyens, et aux étrangers une garantie de la foi de la nation. Les ministres de cette religion annonceront la justice et la paix. Toutes leurs pensées seront dévouées aux progrès de la morale et au triomphe des vertus. Ils prendront pour modèle les Fénélon, les François de Sales, les Vincent de Paul, ces apôtres de lumière et de consolation qui ont illustré l'église et honoré l'humanité par la pureté de leurs mœurs, par leur génie et leurs vertus. Les mœurs publiques seront régénérées; tous les cœurs s'ouvriront au respect et à la reconnaissance; et on sentira le goût et le besoin d'estimer et de chérir celui que la volonté du peuple a appelé pour le gouverner. On ne verra plus ces temps de discorde et d'horreur qui ont si long-temps versé sur la France ses fléaux et ses crimes. Ce n'est que dans un temps de corruption et d'immoralité que se forment ces tristes et sanglantes révolutions qui bouleversent les corps politiques, et conduisent les peuples à l'anarchie et à l'esclavage. Cette religion apprendra au chef de la nation à pratiquer la justice, à donner le précepte et l'exemple des vertus, à honorer de sa confiance des hommes qui réuniront les talens et les lumières à la probité; elle lui apprendra que la félicité du peuple doit être l'objet constant de sa sollicitude: quelle consolante pensée, quels momens délicieux que ceux où, tranquille avec sa conscience, il pourra réfléchir le matin aux heureux qu'il fera, et le soir aux heureux qu'il a faits! Quelle différence pour lui entre ce souvenir attendrissant, et ces jours de gloire et de grandeur où il contemple son front orné des lauriers de la victoire, où il reçoit les hommages que l'ambition, la flatterie et l'intérêt lui prodiguent! La palme que donne la vertu ne périt jamais; les bénédictions et l'amour des peuples immortalisent plus que les conquêtes et les triomphes. Qu'il est beau, qu'il est honorable pour Bonaparte d'être appelé par le ciel à former l'auguste alliance qui doit unir ensemble le bonheur du peuple, la prospérité de l'état, avec la religion destinée à épurer ses mœurs ! La religion affermira l'autorité du premier consul sur des bases inébranlables, et lui montrera les grands devoirs qui lui sont imposés.

Le premier consul a développé, dans son système politique et dans ses opérations diplomatiques, de grandes et sublimes conceptions. Il respecte les gouvernemens étrangers et les droits des gens ; il ne veut point abattre les trônes des rois, parce qu'il ne les redoute point ; il ne veut point rompre le pacte social qui unit une nation à son chef, parce qu'il sait que les souverains exercent une autorité légitime, et que les peuples ont le droit de créer, de défendre, et de maintenir la constitution qu'ils croient conforme à leur intérêt, à leur bonheur, et qu'on trouve la liberté dans les monarchies comme dans les républiques. Bonaparte a combattu pour faire reconnaître et respecter l'indépendance du peuple français, pour reconquérir cette influence et cette prépondérance dans le système politique de l'Europe qu'il avait perdues, pour rétablir l'équilibre continental et maritime, et pour unir toutes les nations par les liens d'une bienfaisance universelle. Il offre la paix aux ennemis vaincus, au milieu de ses conquêtes, et le front orné des lauriers de la victoire. Bonaparte a étendu les limites de l'empire français : le Rhin était la barrière des Gaules, il fallait qu'elle le fût de la République régénérée ; il a multiplié ses alliances, il a étendu le commerce national ; il s'est emparé de tous les mouvemens qui dirigent la politique de l'Europe ; il les maîtrise pour les faire servir à la justice, à la paix, et à la prospérité de l'état ; il a affaibli l'Autriche, cette puissance éternellement ennemie de la France. Il a illustré le nom français. Bonaparte ne veut plus conquérir ; ses vues ne s'allient point avec des projets de destruction, d'incorporations, de démembrement ; il n'appelle point l'Afrique et l'Asie au maintien de l'équilibre de l'Europe, le mahométisme à la conservation de l'orthodoxie chrétienne, et le nord au soutien de l'indépendance du midi ; il n'a en vue que consistance, ordre, justice et stabilité : s'il a établi en Italie des états indépendans, s'il a créé une monarchie et un trône pour y faire monter un prince d'Espagne ;

16*

c'est pour récompenser la fidélité de cette puissance, et pour arrêter l'ambition de l'Autriche, qui voulait établir sa domination en Italie, et s'emparer des États de l'Église, en vertu d'un prétendu droit de suzeraineté ; Bonaparte a voulu prévenir des guerres continuelles, contre-balancer la puissance maritime de l'Angleterre, et forcer ce gouvernement à abjurer une suprématie oppressive que lui donne la force, mais que réprouvent la justice et les droits des nations. Il voulait fermer aux Anglais le Rhin et l'Escaut, en les réduisant à ne pénétrer dans l'Allemagne que par la Baltique. Le port de Livourne ne devait plus être un entrepôt universel, et presque exclusif, des marchandises anglaises qui se répandaient sur toutes les côtes de la Méditerranée, depuis Sarzane jusqu'à Constantinople ; la faction anglaise ne dominera plus dans le conseil de Naples, et Ferdinand aurait exécuté le traité qui ferme aux vaisseaux britanniques le port de la Sicile ; les Anglais n'y auraient plus trouvé un entrepôt pour la réparation de leurs agrès, de leurs mâtures, et un abri contre les orages et les tempêtes. Les progrès de la puissance de la France, loin d'être un objet d'inquiétude et de jalousie, servent à consolider les principes de l'indépendance générale, en promettant un appui aux nations faibles, et en proposant un modèle aux états destinés à s'agrandir.

Le génie de Bonaparte, comme un lévier puissant, remue, ébranle toute l'Europe, et change le système politique des gouvernemens. Ses traités d'alliance ont un double objet ; 1° de conserver ses conquêtes, d'étendre le commerce national, d'augmenter la puissance fédérative ; 2° de faire servir les forces des autres gouvernemens à maintenir celles de la France. Le législateur, le guerrier, l'homme d'état doit établir ses combinaisons et ses plans sur le rapport que son gouvernement doit avoir avec les autres puissances ; il doit connaître, examiner, juger leurs systêmes politiques et leurs relations commerciales pour les faire tourner à l'avantage et à la prospérité de l'état qu'il gouverne ; il doit pénétrer leurs vues secrètes, et prévoir leurs desseins. Bonaparte entre dans les mystères de la politique extérieure ; son génie examine, pèse, calcule ; il prévoit les événemens, et les maîtrise à son gré. Il oppose la fermeté de ses principes aux oscillations diplomatiques, et à l'ombrageuse versatilité des gouvernemens de l'Europe. Il sait quels sont les traités et les alliances qu'il faut conclure. Il est trop fort pour recourir à cette politique machiavélique qui interprète les conventions au gré de l'ambition et de l'intérêt. C'est la faiblesse qui trompe ; la force qui commande n'a pas besoin de tous ces détours artifi-

cieux. Bonaparte apporte dans toutes ses opérations diplomatiques cette bonne foi , cette sagesse,
cette modération , dignes d'un guerrier modeste
et d'un sage administrateur.

La France avait , dans le système politique de
l'Europe, perdu cette prépondérance qu'elle avait
acquise par les traités de Nimègue et de Westphalie.
Sa puissance fédérative était presque anéantie, et
sa puissance militaire énervée. La Russie envahit
les bords septentrionaux de la mer Noire, s'empare de la Tartarie , du Cuban et de la Crimée ;
la France abandonne la Turquie, et ne peut pas
même faire respecter sa médiation. La Prusse entre en Hollande , et y dicte des lois; la Pologne li-
vrée aux dissentions intestines de ses magnats,
devient la proie de trois puissances du nord; l'Autriche , la Prusse, l'Angleterre, la Russie, font des
traités pour régler les destinées de l'Europe ; la
France immobile laisse la Turquie démembrée,
garde le silence sur l'envahissement de la Pologne,
et n'ose point demander aux puissances quels sont
les objets et les vues qui les dirigent dans leurs
traités respectifs; la France n'est plus qu'une puissance secondaire, purement auxiliaire. Bonaparte
change cet ordre de choses qui outrageait la dignité du peuple français; il brise les liens honteux qui l'asservissaient ; il se place au centre de

l'Europe pour en examiner tous les mouvemens, et c'est lui seul qui désormais règlera ses destinées; il se réunira à toutes les forces des autres gouvernemens pour les défendre, et pour conserver cet équilibre destiné à entretenir un système de pacification. Tel qu'un arbre dont les sucs ne sont plus détournés orne la campagne, remplit la terre de ses racines, et couvre le ciel de son feuillage.

Bonaparte fait connaître aux puissances de l'Europe les véritables principes qui doivent les diriger dans leur système de politique extérieure et dans leur administration intérieure. Il rappelle aux Américains qu'il est de leur intérêt et de leur reconnaissance de s'unir avec une puissance utile à leur commerce et à leur navigation, d'entretenir cette harmonie qui avait été altérée par les vexations des corsaires français. Il parvient, par sa justice et par sa prudence, à rétablir ces rapports qui existaient entre les deux gouvernemens, et à conclure un traité d'amitié et de commerce. Une antique alliance, des intérêts réels et politiques, tout commande aux deux peuples une union ferme et durable. Une république naissante, qui veut fonder sa constitution et ses lois sur la base immortelle des vertus publiques, sent combien il lui importe de respecter les principes de la justice, et de remplir le devoir sacré de la recon-

naissance. Sans le secours de la France, peut-être
l'Amérique , trop faible pour combattre les armées et les flottes britanniques, n'aurait pas brisé
ses fers. L'Amérique lui doit son salut, sa gloire,
sa liberté , son indépendance : ce n'est point ici
l'opinion isolée d'un citoyen qui aime sa patrie
et s'associe à sa grandeur , c'est le sentiment una-
nime de ce peuple reconnaissant qui proclama
cette vérité , et l'attesta à l'univers.

La Prusse continue à profiter de sa neutralité
pour étendre son commerce , améliorer l'agriculture, augmenter sa population, et pour perfectionner son système d'économie politique. Les dépenses de la fin du dernier règne avaient épuisé le trésor de l'état augmenté par la lente économie de
Frédéric. Depuis que la Prusse est comptée au
rang des grandes puissances , sa position topographique , resserrée presque de toutes parts entre
deux voisins ambitieux et formidables, l'Autriche
et la Russie, l'oblige à les observer et à les craindre
sans cesse. Son roi a dû, dans tous les temps, chercher à balancer l'une par l'autre , profiter de leurs
mésintelligences , s'affermir par leur inimitié ,
craindre leur réunion , et chercher l'alliance de la
France, pour établir en sa faveur un puissant con-
tre-poids. L'influence que la Prusse a acquise dans
l'Empire, et qu'elle cherche à y accroître pour réa-

liser des plans éventuels, lui fera toujours un besoin de l'alliance de la France. Nul état de l'Europe ne peut lui donner des secours plus puissans, né peut lui laisser plus à espérer, ni moins à craindre. La Suède comprend qu'elle a besoin de s'unir à la France, parce que ses relations extérieures ont plutôt pour objets des intérêts commerciaux que des liaisons politiques; elle se rappelle que la France lui a fourni d'immenses subsides dans le temps où elle était réduite à la plus affreuse détresse; qu'elle l'aida à faire cette révolution qui étendit les prérogatives royales, et anéantit cette aristocratie orgueilleuse qui opprimait l'état; elle sait que ce fut la France, qui, par l'armement d'une flotte à Toulon, et par une diversion contre les Russes dans l'Archipel, arrêta les mesures hostiles dont la Russie et la Prusse la menaçaient. La reconnaissance, la politique, son propre intérêt, tout engage la Suède à entretenir avec le gouvernement français des relations amicales, et des rapports utiles. Le Danemarck, fidèle à son traité de neutralité, voit fleurir dans le sein de la paix son commerce et sa navigation : allié avec la France, il évitera des guerres qui épuiseraient ses finances, ruineraient ses relations commerciales. La Turquie, en se réunissant avec l'Angleterre, avait signé sa propre ruine; elle a évité sa destruction, en renouvelant

le traité qui l'unissait à la France, et en demandant
d'être encore une fois admise dans son système
fédératif : aidée de ses forces, et de l'influence
qu'exerce Bonaparte sur les gouvernemens, elle
peut parvenir à conserver ses provinces, à étendre
son commerce, à augmenter sa marine, à discipli-
ner ses troupes, à ramener un peuple malheureux
aux principes de la civilisation et aux droits de
l'humanité.

Paul Ier vit dans Bonaparte un guerrier magnanime, et un grand homme d'état. Le génie du
premier consul l'instruit et le subjugue ; il quitte
la coalition, et forme une confédération avec la
Suède et le Danemarck contre l'Angleterre ; il
s'occupe à contracter un traité d'amitié, de paix
et d'alliance avec la France. Paul Ier est le seul
souverain, qui, dans ces derniers temps, a suivi
les mouvemens d'une politique magnanime et
désintéressée ; tout était loyal dans sa conduite,
ses erreurs même avaient des excuses honora-
bles : quand il s'est armé contre la France, elle
était avilie sous un gouvernement oppresseur, et
elle avait vu s'éloigner le héros qui la couvre
maintenant de sa gloire, et la protége de son
génie. Un monarque placé aux confins de l'Europe pouvait donc se méprendre, et mal juger
des événemens que la renommée lui portait de si

loin à travers tous les cris de la haine, et toutes les plaintes de l'infortune; mais Paul Ier a reconnu ses erreurs; il avait compris que les puissances coalisées, oubliant la cause commune, ne songeaient qu'à leur agrandissement particulier; il n'a plus voulu prêter ces drapeaux à cette ligue monstrueuse; il était revenu à ses véritables intérêts par le sentiment de la justice et de sa dignité; en un mot, l'honneur fut le mobile constant de sa politique; et cet exemple, depuis long-temps perdu dans les cours, ne semble avoir été donné par le descendant des czars, que pour offrir un constraste plus frappant avec la conduite de l'Angleterre.

Alexandre Ier suit les principes de son père; témoin de la franchise et de la loyauté du premier consul, il s'empresse d'entretenir cette harmonie et ces rapports précieux, nécessaires à la Russie et à la France. La Russie maintiendra l'équilibre du nord, pendant que la France garantira celui du midi, et cette heureuse union assurera l'équilibre politique de l'univers. « L'empire de Russie, « observe un écrivain politique, exerce aujour- « d'hui une influence qu'il doit principalement à « l'état de confusion et de désordre dans lequel la « guerre a jeté les rapports politiques de toutes « les nations de l'Europe; mais, avec toutes les

« sources de richesse et de puissance qu'il ren-
« ferme dans son sein, pourquoi ne prétendrait-il
« point à une prépondérance permanente et po-
« sitive ? La Russie a un vaste territoire, des
« provinces fertiles, des frontières qui la mettent
« en communication avec toutes les nations de
« l'Europe et de l'Asie, des ports qui lui ouvrent
« un accès sur toutes les mers, une population
« enfin nombreuse, industrieuse, patiente, et so-
« bre. Si le prince qui la gouverne aspire à l'hon-
« neur de rendre durable, et d'attacher à son em-
« pire et à son nom le principe de cette préémi-
« nence, qu'il doit à des circonstances acciden-
« telles, et qui peut ne pas leur survivre, qu'il
« s'occupe de modérer ce principe d'expansion,
« qui, jusqu'à ce jour, a porté ses prédécesseurs
« à s'étendre sans cesse au-delà des limites de leur
« empire; qu'il se livre uniquement au soin de
« civiliser les parties éloignées de son vaste terri-
« toire, d'en enchaîner par une bonne adminis-
« tration les proportions trop dispersées, d'y dé-
« velopper tous ces élémens de fécondité qui mul-
« tiplient les choses, les hommes, et qui ajoutent
« à la valeur des uns, et à l'industrie des autres;
« qu'il substitue enfin à l'inscription fastueuse que
« les flatteurs de Catherine gravèrent sur l'arc de
« triomphe de Cherson : *Ce chemin mène à*

« *Constantinople* , cette devise bien plus glo-
« rieuse et plus sensée : *Les forces de cet em-*
« *pire ne serviront plus désormais à l'agran-*
« *dir, mais à le gouverner.* Avec ces maxi-
« mes d'une sage politique, il verra s'accomplir
« en peu d'années tous les présages que le génie
« de Pierre le Grand osa concevoir, et que les
« succès de plusieurs règnes glorieux n'ont qu'im-
« parfaitement réalisés ; de la surabondance des
« productions locales naîtra un principe d'émula-
« tion, qui, dirigé par une administration pré-
« voyante, favorisera la population des classes in-
« dustrielles ; d'un commerce intérieur solide-
« ment constitué sortira cette impulsion féconde
« et nationale qui peut seule organiser, au profit
« d'un état, les ressorts de son commerce exté-
« rieur, et lui en assurer les bénéfices. Une ma-
« rine militaire s'élèvera du sein d'une bonne ma-
« rine marchande ; les armées de terre se forme-
« ront librement de l'excédant de la population
« de toutes les classes ; et alors l'empire russe sera
« un des plus grands empires du monde. »

Alexandre Ier va remplir ces hautes et brillantes
destinées ; son génie, sa justice, ses vertus, tout
promet un règne paisible et glorieux : à peine
est-il monté sur le trône de ses pères, qu'il s'unit
avec la France par une alliance solennelle : c'est

ainsi que Pierre le Grand forma ses premières liaisons avec cette puissance par un traité de commerce de 1717. Cette alliance donnera à la Russie le droit et le privilége de faire avec la France un commerce direct et réciproque. Les Anglais ne seront plus des acheteurs exclusifs qui retiraient un bénéfice immense de leurs achats et de leurs ventes. La Russie entretiendra des relations commerciales directes avec la France et les autres puissances du nord ; elle favorisera la concurrence des nations du midi ; elle vendra plus cher ses productions, achètera à meilleur marché les marchandises étrangères, et procurera de grands avantages à l'Europe en ouvrant une nouvelle route à l'industrie et au commerce de plusieurs peuples. La Russie, alliée avec la France, ne redoutera ni l'Autriche, ni la Prusse, et pourra exécuter, sans crainte et sans obstacles, ses projets éventuels ; elle fortifiera sa marine pour rétablir cette liberté des mers, qui doit assurer, étendre et vivifier le commerce et l'industrie des autres nations. On a versé des flots de sang pour rétablir sur le continent cette balance destinée à s'opposer à l'ambition des autres puissances ; il est juste de maintenir sur les mers ce même système d'équilibre qui doit multiplier dans toutes les parties de l'univers ces canaux salu-

taires propres à répandre l'abondance et la fertilité, et à donner au commerce, à la navigation,
et à l'industrie des autres nations, des nouveaux
principes de vie et d'accroissement. Alexandre Ier
et Bonaparte se réuniront pour opérer cette révolution si utile à tous les peuples de l'Europe. Qui
pourra résister à la force de leurs armes, à leur
génie et à leur sagesse !

Bonaparte n'avait cessé de présenter au gouvernement anglais l'olivier de la paix, et le signe de la
réconciliation. « La guerre, avait-il écrit à Geor-
« ges III, qui depuis huit années ravage les quatre
« parties du monde, doit-elle être éternelle ? n'y
« a-t-il pas moyen de parvenir à s'entendre ? »
Il exprimait ensuite son désir sincère de contribuer à une pacification générale. Qu'elle était tou-
chante cette lettre ! on y voyait de la fierté sans
orgueil, de la grandeur sans ostentation, de l'humanité sans faiblesse : mais le génie de Pitt avait
prévalu, l'Angleterre avait préféré les horreurs
de la guerre aux bienfaits de la paix ; elle voulait dominer sur les mers, et asservir les nations.
Le premier consul était prêt à s'armer de toute
la force, de toute la puissance de la nation, et à

passer les mers pour offrir à Georges l'olivier
de la paix. Il aurait parlé d'abord en ami et en
médiateur, ensuite en maître et en conquérant.
Ce n'était point comme Pyrrhus, qui, ne pouvant défendre son pays, fut attaquer celui de son
ennemi, ni comme Charles XII qui, ne pouvant
résister aux forces des puissances réunies contre
la Suède, fit une irruption en Norwége pour y
porter le théâtre de la guerre : c'était ici le conquérant de l'Égypte et de l'Italie, c'était un guerrier plein de valeur et de prudence, qui voulait
venger l'humanité, qui prenait en main la cause
de tous les peuples, et voulait briser ce sceptre
maritime qui était devenu l'effroi et le scandale de
l'Europe. « Il faut détruire Carthage, disait Caton
« dans le sénat romain : on ne vaincra jamais les
« Romains que dans Rome, disaient Annibal et
« Mithridate. » Le maréchal de Saxe répétait souvent : « On ne vaincra jamais les Anglais que dans
« Londres. » L'Anglais ne fut jamais plus faible
que dans ses propres foyers ; les Romains, les
Saxons, les Danois, les Normands, ont conquis
et subjugué la Grande-Bretagne, et Louis VIII
a été proclamé roi à Londres : Ruyter fit trembler cette capitale ; une seule escadre hollandaise
éleva de longs amas de cendres sur les bords de la
Tamise. Il est inutile de parler ici des diverses ex-

péditions faites par les Français pour tenter des descentes en Angleterre ; des fautes militaires, des intrigues de cour, un système de machiavélisme, rendirent sans effet celles qui furent tentées sous les règnes de Louis XIV et de Louis XV ; mais cette expédition, dirigée par un guerrier vaillant et heureux, devait nécessairement réussir. Les soldats français ne connaissent aucuns obstacles ; ils volent au combat en bravant le danger, et en chantant les hymnes de la victoire : l'amour de la patrie enfante des miracles ; le ciel doit bénir les armes d'un peuple qui veut venger l'Europe et l'humanité des attentats d'un gouvernement oppressif et déprédateur.

Le passage de la mer pour aborder en Irlande n'était pas plus difficile pour les armées françaises que le passage du Rhin, du Danube, du Pô et de l'Adige ; nos soldats triomphans ont passé ces fleuves à la vue des phalanges ennemies, et sous le feu d'une artillerie formidable. On peut aborder sur les côtes d'Angleterre, d'Écosse et d'Irlande ; les ports de toute la partie qui fait face aux côtes de France sont aujourd'hui barrés ; ils sont très-propres pour y tenter une descente avec des bateaux, sous l'escorte des frégates qui approcheraient beaucoup plus près de la barre que ne pourraient le faire de gros vaisseaux ; les vents d'ouest,

du sud et sud-ouest, peuvent porter sur l'Angleterre toutes les voiles de France, et empêcher les
vaisseaux britanniques de sortir de leurs ports.
On a vu quelquefois des flottes, profitant des ténèbres de la nuit, ou d'une brume épaisse, passer
au milieu des escadres ennemies sans être apper-
çues : la flotte du prince d'Orange passa en six
heures le détroit de Calais, sans que l'escadre de
Jacques II, qui était aux dunes, en eût connaissance. L'amiral Anson, de retour de son grand
voyage, apprit à Londres qu'il avait passé au milieu d'une escadre qui croisait devant Brest.

En vain on croyait que, pour opérer une descente, il fallait combattre et disperser les flottes ennemies : d'abord la France pouvait réunir ses forces
navales avec celles de l'Espagne et de la Hollande,
et hasarder une bataille pour opérer le débarquement ; mais il n'était pas absolument nécessaire de
livrer un combat et de vaincre pour aborder en
Angleterre ; il est prouvé par l'expérience que
l'on peut se porter sur les côtes de la Grande-
Bretagne, sans tenir la mer, et sans être obligé de
combattre et de mesurer nos forces maritimes.
Une flotte qui marche sur un point n'a qu'une
seule ligne à se tracer ; la flotte ennemie qui vien-
drait l'attaquer et s'opposer à son passage serait
obligée de croiser et de tenir la mer sur tous les

points, et suivant toutes les directions ; le point choisi pour l'attaque est nécessairement un secret, et ce secret forcerait l'ennemi à disséminer ses forces pour les placer sur tous les points : on sait que les côtes d'Angleterre, d'Écosse et d'Irlande, présentent par-tout des facilités pour un débarquement, de sorte que l'ennemi ne pourrait point développer ses forces sur les mêmes côtes.

Après le débarquement, les armées françaises ne trouveraient aucun obstacle ; il n'y a en Angleterre aucunes places fortes en état de soutenir un long siége ; la plupart de celles qui sont très-fortes du côté de la mer n'opposeraient aucune résistance à ceux qui les attaqueraient par terre. Alors les opprimés Irlandais, les mécontens de l'Écosse, les insurgés d'Angleterre, se seraient réunis aux armées françaises, et le gouvernement anglais aurait accepté la paix. Le premier consul aurait fait tous ses efforts et réuni tous ses moyens pour exécuter une entreprise aussi nécessaire que hardie, qui pouvait remplir tout à la fois les objets que n'ont pu atteindre ni nos traités de paix, ni nos traités de commerce.

Le gouvernement anglais, dirigé par des ministres sages et éclairés, amis du bien public et de l'humanité, vient de réparer les erreurs de l'ancienne administration ; il accepte l'olivier de

17*

la paix offert par un guerrier magnanime; il abandonnera ce système de conquête et d'envahissement, qui épuisait les trésors et le sang du peuple; il renoncera à cette suprématie maritime contre laquelle la France s'était armée pour le maintien des droits et de la liberté de l'Europe. Le génie de Bonaparte a éclairé le gouvernement britannique; son pouvoir, sa gloire, sa fermeté, sa modération, ont ramené un peuple fier et puissant à de nouveaux principes d'ordre et de justice: Bonaparte a changé le système guerrier de l'Europe, et opérera, n'en doutons point une révolution morale dans les mœurs, le caractère, et les opinions des peuples. Cette haine nationale dont l'origine remonte aux temps de la conquête par Guillaume le Conquérant, haine que les Français et les Anglais transmirent à leur postérité, de génération en génération, ne subsistera plus entre ces deux peuples. On verra parmi eux une noble rivalité, une industrieuse émulation pour étendre les progrès des connaissances humaines, pour arracher à la nature de nouveaux secrets, et pour la forcer à répandre de nouveaux bienfaits. L'un fera des découvertes, et l'autre les perfectionnera. Tous ces efforts du génie, tous ces travaux de l'esprit tendront au bonheur de l'humanité et à l'embellissement des sociétés politiques.

L'ouvrage d'un seul homme produira ce que n'avaient pu faire les traités d'alliance et de commerce; les lumières de la raison, l'amour du bien public, de nouveaux principes sociaux, une morale douce et consolatrice, un système heureux de pacification, l'influence qu'exerce Bonaparte dans toute l'Europe, les vertus de Georges III, détruiront les préjugés nationaux et les préventions générales : les deux peuples seront unis par les liens sacrés et puissans de la concorde et de la bienfaisance ; ils éteindront pour jamais le flambeau de ces guerres qu'allument l'ambition, la rivalité et l'orgueil ; ils ne feront plus du séjour qu'ils habitent une terre d'infortunes et de mort ; ils trouveront la liberté et le bonheur dans les temples de la justice, et dans le sanctuaire des lois. Cette révolution morale obtiendra l'hommage et la vénération des siècles. Le plus grand guerrier de l'univers devient le pacificateur de l'Europe; le vainqueur des nations est aujourd'hui le bienfaiteur de l'humanité : il a séché les larmes des malheureux, il a consolé les familles éplorées ; il rendra aux campagnes desséchées leur fertilité, à l'agriculture des bras qui vont la féconder, au commerce et à l'industrie un nouveau principe de vie et d'activité; à sa voix, tous les abymes se sont fermés, et toutes les sources de la félicité publique vont s'ouvrir : c'est un ange de force et de puissance que le ciel a envoyé pour arracher des mains sanglantes le glaive de la vengeance et de la mort dont elles étaient armées. Si la boussole, suivant l'expression de Montesquieu, a servi à nous ouvrir l'univers, le génie et les vertus de Bonaparte ont ouvert à toutes les nations le temple de la paix; il a sauvé l'Europe d'une dissolution sociale dont elle était menacée...... il a détruit ce ferment révolutionnaire qui s'élevait déjà pour renverser les trônes des rois. Bonaparte est le défenseur des monarchies, comme il est le protecteur des états républicains. Témoins des vertus de ce guerrier législateur, les souverains s'appliqueront à gouverner leurs peuples par les lois saintes de la justice, en faisant aimer leur domination par leur sagesse et leur clémence. L'athée attribue les révolutions des empires au hasard ou au destin; le philosophe, à la nature, qui aime à varier ses opérations; l'homme religieux, à cette providence qui donne des chefs aux nations, et fixe les destinées des empires.

Le traité de Lunéville a réuni à l'empire français de vastes et fertiles provinces. Le traité avec l'Angleterre rend à la France et à ses alliés leurs colonies envahies. Si la Hollande perd, en Asie, le

Ceylan, et l'Espagne, en Amérique, la Trinité, c'est qu'il fallait un dédommagement à l'Angleterre pour les pertes immenses qu'elle avait souffertes. Bonaparte a fait une paix honorable et glorieuse : il a parlé en vainqueur ; mais il ne pouvait point dicter des lois humiliantes ; il a rétabli la liberté des mers, et les alliés ont dû acheter ce grand bienfait par quelque sacrifice. L'Espagne et la Hollande rentrent dans la possession de leurs villes conquises, et ne craignent plus l'envahissement de leurs colonies. La paix augmentera leur commerce et leur industrie, et une alliance sacrée avec le gouvernement français affermira l'indépendance et la constitution de la Hollande, et garantira l'Espagne de ces révolutions politiques qui ébranlent et détruisent les empires. Bonaparte est le protecteur de ses alliés, et le religieux observateur de ses traités ; mais il est le premier magistrat du peuple français. Il a illustré son nom, il a étendu sa gloire, augmenté son territoire et sa population ; il a voulu terminer ses exploits guerriers pour ne s'occuper que du bonheur de la nation, et il a fallu qu'il remplît les hautes destinées qui lui étaient confiées : il est le conservateur des droits de la justice et de l'humanité ; c'est en donnant une paix générale que Bonaparte rendra les peuples libres et heureux, étendra le progrès des lu-

mières et des arts , et établira sur la terre le règne
de la concorde, et de la bienfaisance universelle.

Le gouvernement anglais a enfin compris que
les principes de la justice sont plus propres à faire
la félicité et à établir la liberté des peuples, que
des conquêtes qui épuisent les états ; aux maximes
du machiavélisme, il semble qu'il veut substituer
les principes d'équité et de loyauté dont le premier magistrat de l'empire français lui donne
l'exemple et le modèle. On ne lui reprochera plus
d'être l'ennemi de l'Europe, et de vouloir s'emparer du commerce universel et des trésors des
deux mondes, de ne souffrir aucun concurrent
qui partage avec lui les produits de la culture, de
l'industrie locale , et des échanges ; on ne l'accusera plus de couvrir les mers de ses flottes et de
ses vaisseaux pour détruire la marine des autres
puissances, de s'agrandir de ses succès et des pertes de ses ennemis. Il a brisé lui-même ce sceptre
maritime qui outrageait toutes les nations , et
c'est en le brisant qu'il deviendra plus puissant,
plus libre et plus heureux. Son commerce va
prendre de nouveaux accroissemens, et ses denrées entassées vont, par leur circulation, lui produire de nouveaux trésors. Naples ne lui fermera plus les ports de la Sicile ; le Portugal lui
ouvrira le Tage ; l'Espagne et la Hollande ne se-

ront plus armées contre l'Angleterre ; la paix avec
la France lui ouvrira de nouvelles sources de
prospérités.

L'Angleterre profitera des bienfaits de la paix
pour rétablir ses finances délabrées, pour régénérer les mœurs publiques, et pour poser sur
une base solide les fondemens de la félicité générale ; elle affaiblira cet esprit guerrier qui ne convient ni à ses mœurs, ni à son caractère, ni à sa
situation ; elle diminuera ses emprunts perpétuels ;
elle arrêtera cette multiplication de papier-monnaie
qui semble annoncer la ruine de cet empire. L'immortel Newton est mort persuadé que l'Angleterre, avec son papier-monnaie, finirait par une
grande catastrophe.

Il est peu de contrées en Europe où la propriété soit plus respectée, et l'industrie publique
plus encouragée qu'en Angleterre ; là, on récompense les talens, on approfondit les secrets de la politique, on défend les droits de la liberté ; le génie
sans effort, comme sans entraves, peut annoncer
des vérités utiles, et se placer à côté du trône
pour instruire les rois et éclairer les peuples. Cependant la Grande-Bretagne a été souvent le théâtre
des fureurs et des factions intestines, les fondemens de l'état y ont été presque toujours ébran-
lés par de violentes commotions, les rois y ont

été détrônés, et ont péri dans des tortures et
sur des échafauds, les grands ont été massacrés
par le glaive de la loi, la noblesse a été exter-
minée dans les combats, le peuple a été féroce
et malheureux, les villes ont été inondées de
flots de sang, et les campagnes ont été couvertes
de cadavres. La superstition religieuse a exercé
ses vengeances, et le fanatisme politique ses fureurs; les autels ont été renversés, et une religion bizarre et absurde s'est élevée sur les débris du catholicisme. Cette chambre des communes, instituée pour défendre les droits du peuple et de la liberté publique, a consacré tour à
tour l'assassinat, l'usurpation et l'esclavage ; elle
a fait périr ses rois, et a donné le trône britannique à des tyrans et à des usurpateurs. Factieuse
sous des princes faibles, esclave sous des monarques fermes, elle a brisé le pacte social et fomenté
ces guerres qui, pendant des siècles, ont ravagé et
inondé de sang les villes et les provinces.

Les lumières de la raison et de la philosophie,
les progrès des sciences, des arts et du commerce,
ont changé les mœurs et le caractère du peuple
anglais. Il aime son gouvernement, il chérit et
respecte son roi; toutes les classes de la société,
depuis le lord jusqu'à l'artisan, sont sincèrement
attachées à leur gouvernement et à leur constitu-

tion : on verra bien dans les contrées britanniques quelques mouvemens, quelques révolutions
passagères ; mais il y a un esprit public de patriotisme, un orgueil national, qui enfantent des
prodiges, et qui s'opposeront à une insurrection
générale. Pour opérer une révolution, il faudrait
conquérir l'Angleterre, et exterminer la nation.
Il semblait que la guerre de l'Amérique devait
préparer ce grand événement. Une faction puissante agitait l'Irlande, et parlait déjà de se séparer de l'Angleterre ; la confusion et l'anarchie ré-
gnaient en Écosse ; Londres était menacée d'une
prochaine destruction ; quarante mille hommes armés étaient prêts à porter la dévastation et la
mort. L'Angleterre soutenait une guerre longue
et meurtrière contre des puissances redoutables.
Le danger de la patrie réunit tous les partis ; la
force militaire, le courage et l'union des défenseurs
des lois et de la constitution, dissipèrent cette
confédération générale qui semblait annoncer sa
destruction. Sans doute l'Angleterre périra, mais
des causes morales opéreront sa dissolution ; la
corruption des mœurs produira ce triste et terrible événement.

Pourquoi craindrions-nous de proclamer des
vérités que les historiens et les philosophes anglais
ont consignées dans leurs annales avec autant

d'énergie que de sensibilité? Le peuple anglais,
avili sous la domination de ses conquérans, malheureux sous le règne de la race de Plantagenet,
tremblant et esclave sous la dynastie de Tudor,
factieux sous les princes de la famille de Stuard,
présente le tableau affligeant de la corruption. Le
peuple anglais est tour à tour républicain et fau-
teur du despotisme, libre par la constitution de
l'état et esclave par son gouvernement, affran-
chi de la tyrannie par les lois et avili par la corruption ministérielle, courtisan et philosophe,
ambitieux et moraliste, religieux et enthousiaste,
commerçant par intérêt, et conquérant par orgueil, ami de l'humanité au sein de ses foyers,
inhumain et féroce dans ses colonies, tranquille
pendant la paix, et terrible au milieu des troubles et des séditions, vertueux par vanité, et vi-
cieux par calcul, impétueux dans les factions,
et froid dans les actions civiles de la vie, triste
et méthodique au milieu des fêtes et des plaisirs,
généreux et magnifique chez l'étranger, économe
dans sa patrie, aimant la vérité, et devenant le
jouet des erreurs politiques ; l'élément qui entoure
cette contrée lui communique son inconstance et
ses agitations.

Les uns deviennent des courtisans et des favo-
ris occupés à entourer le trône et à flatter les

rois, pour obtenir les honneurs de la pairie; les autres se déclarent les ennemis de l'autorité royale, et les dénonciateurs perpétuels de l'administration publique, pour acquérir cette célébrité que l'enthousiasme donne aux vertus républicaines, et quelquefois à l'hypocrisie politique; dévorés par l'ambition, ils veulent fixer les regards de l'Angleterre, et développent un grand caractère d'opposition, pour forcer la cour à leur confier les rênes du gouvernement; lorsqu'ils sont parvenus au faîte des grandeurs et des richesses, ils abandonnent leurs anciens principes, et ces caméléons politiques deviennent les fauteurs du despotisme qu'ils affectaient de combattre.

Walpolle introduisit la corruption dans le corps législatif, et Chatam força le gouvernement à être injuste et usurpateur. Walpolle s'emparait des trésors de l'état pour les faire servir à fortifier et à propager son système de corruption; Chatam fit verser des flots de sang pour soutenir sa doctrine d'envahissement et de conquête. Pitt, plus habile que son père dans l'administration des finances et de la politique, plus attaché à la constitution de l'état et à l'autorité du roi, moins véhément, plus froid, plus dangereux et plus redoutable, cache sous des dehors trompeurs une ambition dévorante et une haine profonde contre

la France. Fidèle à la cause qu'il défendait, religieux observateur de ses promesses, il a préféré
la grandeur de sa patrie à la gloire de défendre
les droits des nations ; son ministère a été brillant et glorieux pour la Grande-Bretagne ; jamais
ministre n'a élevé la puissance du peuple anglais
à ce degré de force et de prospérité qui frappe
l'Europe d'étonnement. Mais Pitt a violé les droits
sacrés de l'humanité et les lois saintes de la morale publique. Il a adopté le système pervers et les
dogmes destructeurs de Machiavel et de Hobbes,
qui ont publié, dans leurs ouvrages subversifs de
tout ordre social, que la splendeur et la prospérité
des empires doivent être fondées sur la force, la
tyrannie et la séduction ; il a épuisé les trésors
de l'état, multiplié les impôts et les emprunts,
augmenté la dette nationale pour soutenir cette
guerre meurtrière qui a ravagé la terre, pour
armer l'Europe contre la France, pour fomen-
ter ces haines, cette anarchie, et ces dissentions
civiles qui ont produit les malheurs et les crimes
de la révolution ; il a fait jeter sur les côtes de la
Bretagne des malheureux émigrés qui étaient ve-
nus chercher en Angleterre la liberté et l'hospitalité ; il les a livrés à la rigueur des lois. C'est ainsi
qu'il voulait consommer la ruine de la République en versant le sang français. Pitt a réuni les

talens et le génie à toutes les passions sauvages,
la vigueur et la fierté du caractère à tous les transports de l'ambition, et à tous les tourmens de la
haine. L'histoire consacrera son nom et sa gloire;
mais l'humanité imprimera sur sa mémoire cet
opprobre qu'elle réserve aux tyrans des peuples
et aux oppresseurs de la terre.

L'Anglais, par une heureuse magie, se croit
libre; il s'est associé à la puissance législative, et
ses représentans exercent par délégation les droits
de la souveraineté. Mais pourquoi faut-il que
le gouvernement tende sans cesse à détruire la
constitution ? pourquoi faut-il que son code civil
soit un mélange de confusion et d'injustice ? Né
des institutions des sauvages et de la féodalité
anarchique, ce code de jurisprudence renferme
des principes destructifs de la liberté, et outrage
tout à la fois la justice et l'humanité ? L'Angleterre, qui a créé les Bacon, les Locke, les Cla-
rendon, les Pope, les Hume, les Robertson,
n'a pas encore changé sa législation civile. Les
gouvernemens craignent-ils donc d'éclairer et de
consoler les peuples ? ou faut-il des siècles à la
nature pour produire un législateur philosophe ?

Le peuple anglais pense être libre, dit l'auteur
du Contrat Social; il se trompe fort: il ne l'est
que durant l'élection des membres du parlement;

sitôt qu'ils sont élus, il est esclave. Il n'est rien
dans les courts momens de sa liberté ; l'usage qu'il
en fait mérite bien qu'il la perde. On peut ajouter
que le peuple n'est pas même libre durant l'élection des membres du parlement. Sa liberté est
vendue d'avance. L'intrigue, l'or et la séduction achètent ses suffrages. Un peuple qui se laisse
corrompre n'est pas libre. Cette immoralité produit la servitude.

La nature conduit tout ce qui existe à sa dissolution : rien ne peut changer les destinées des
empires ; ainsi que l'homme, ils passent de l'enfance à la jeunesse, de la jeunesse à l'âge mûr,
de l'âge mûr à la vieillesse, de la vieillesse à la mort.
Rien ne peut suspendre cette marche lente et insensible. A peine sont-ils arrivés à ce point de prospérité et de grandeur qui fixe les regards et l'admiration des hommes, qu'un bras caché semble
les pousser violemment vers leur décadence. En
vain, luttent-ils dans le cours des âges contre la
destinée qui les presse, ils sont nécessairement
forcés de devenir la proie du temps qui préci-
pite dans les tombeaux les générations, leurs lois,
leurs institutitions, et ces monumens superbes qui
semblent braver les siècles et promettre l'immortalité. « Comme toutes les choses humaines ont une
« fin, dit Montesquieu, l'Angleterre perdra sa

« liberté : Rome, Lacédémone, Carthage, ont
« bien péri ; elle périra lorsque la puissance légis-
« lative sera plus corrompue que la puissance exé-
« cutive. » L'astronome connaît le cours des as-
tres, et annonce leurs différens mouvemens ; le
philosophe qui médite dans le silence et le calme
des passions, qui connaît les mœurs actuelles d'un
peuple, se trompe rarement lorsqu'il prédit ses
destinées.

Que le gouvernement anglais médite sur cette
prophétie du législateur des nations, pour en arrêter ou en suspendre l'exécution ; qu'il s'empresse
de jouir des bienfaits de la paix pour régénérer
les mœurs publiques, et qu'il fonde la prospérité de l'état, la liberté et le bonheur du peuple sur les véritables principes de la raison, et
sur les maximes éternelles de la justice et de la
morale : il ne connaîtra point cette diplomatie
machiavélique qui consacre la fraude et l'usurp-
pation ; il ne s'enveloppera point dans les replis
tortueux d'une politique artificieuse pour tromper et pour séduire ; il n'enverra point dans les
cours étrangères des agens habiles dans l'art de
l'intrigue pour pénétrer leurs secrets, et pour fo-
menter des divisions ; il rejettera ce système de
conquête et d'envahissement qui épuise les états,
verse le sang des peuples, et les conduit ensuite à

la misère et à l'esclavage; il observera avec fidélité ses traités d'alliance; il rétablira le crédit public, acquittera les dettes l'état, établira dans les finances un système d'ordre et d'économie, renoncera à cette voie dangereuse des emprunts, qu'on peut appeler l'art d'opprimer les générations futures, art qui tend à introduire dans toutes les classes des citoyens l'égoïsme et l'indifférence pour l'humanité, à produire un agiotage scandaleux et une immoralité qui éteignent les vertus publiques; il vivifiera toutes les parties de l'administration; il réprimera sur-tout cette secte de novateurs qui voudraient détruire la constitution, et rendre le peuple rebelle et féroce; il affermira l'autorité royale contre l'ambition d'une aristocratie turbulente, et contre les fureurs d'une démocratie dangereuse. C'est par ces travaux, dignes des ministres qui dirigent aujourd'hui l'administration britannique, que la nation anglaise suspendra l'exécution de cette loi inévitable du destin qui conduit vers leur dissolution les empires et les peuples.

C'est pour parvenir à une pacification générale que le premier consul avait demandé au Portugal de fermer ses ports aux vaisseaux britanniques, et de rompre toutes les relations commerciales avec un gouvernement qui l'asservit et le dégrade. Le Portugais, guerrier sous Alphonse, navigateur sous Sébastien, militaire sous Bragance, audacieux sous Vasco de Gama, intrépide sous Albukerque, négociateur sous Atalide, n'est plus aujourd'hui que l'esclave de l'Angleterre. Sous le ministère du marquis de Pombal, il fit quelques efforts pour rompre les anneaux de la chaîne politique qui l'attachait; mais, après la mort de ce grand ministre, il reprit ses fers, et il n'est qu'un vassal dégradé qui livre aux Anglais sa marine. Une seule loi, disait le marquis de Pombal au gouvernement anglais, peut renverser votre puissance, ou du moins affaiblir votre empire; nous n'avons qu'à défendre la sortie de notre or, pour qu'il n'en sorte plus. C'est au sein de l'Angleterre, dit l'historien de sa vie, qu'il apprit à détester le joug britannique; il puisa dans l'étude de ses livres économiques les moyens de briser les chaînes de son pays, et d'illustrer son futur ministère. C'est pour rendre à la nation portugaise son indépendance et son antique puissance, c'est pour rompre ses fers, et l'arracher à un vassalage humiliant, que Bonaparte a porté la guerre dans le Portugal; il veut régénérer cette nation, lui donner la conscience de ses forces, et cette énergie qui jadis anima les conquérans des Indes et les rivaux des Castillans; il veut être le protecteur d'un peuple opprimé, et le placer à ce rang que

doivent avoir les maîtres du Brésil et du Tage.
Jamais on ne s'arma pour une si belle cause ; Bonaparte défend les droits des nations et de l'humanité contre un gouvernement qui, dans son
ancien système, voulait que toutes les nations fus-
sent ses tributaires.

Bonaparte a accordé au Portugal une paix qui
atteste sa magnanimité et sa modération. Il pouvait conquérir ses provinces, et s'emparer de ses
trésors ; mais il s'est élevé à des pensées plus pures et plus nobles : il a assuré au Portugal son
indépendance, et l'a délivré d'un monopole odieux
sous lequel il gémissait depuis si long-temps. Cette
puissance peut aujourd'hui fortifier et étendre son
commerce en ouvrant ses ports à toutes les nations, en admettant une concurrence générale
dans la vente de ses propres marchandises, et
dans l'importation de toutes les marchandises
étrangères. Le Portugal donnera à son commerce
dans les Indes Orientales, et sur les côtes d'Afrique, une nouvelle direction qui pourra devenir
une source abondante de richesses. Il réformera
ses lois, encouragera les sciences, protégera les
arts, et introduira dans toutes les parties de l'administration de nouveaux principes d'ordre et
d'économie. Le Portugal était autrefois esclave
de l'Espagne, la France rompit ses fers ; la mai-

son de Bragance doit à cette puissance son sceptre et son trône. Elle devra à Bonaparte sa liberté,
son indépendance, la conservation de ses colonies,
et la prospérité de son commerce. Que le Portugal n'oublie jamais ces heureux bienfaits : c'est
en observant fidellement ses traités avec la France
qu'il pourra conserver et améliorer son existence
politique.

Le premier consul n'a d'autre désir et d'autre
volonté que de rompre les anneaux de cette chaîne
qui garotte la politique et l'industrie générale de
l'Europe. Il reçoit avec plaisir et avec reconnaissance les conseils et les observations du ministre
des relations extérieures : Talleyrand est digne de
toute sa confiance. Il a des connaissances profondes
dans la science de la politique ; il connaît les systêmes et les différens mouvemens qui agitent les
cours étrangères ; il les suit, les juge, et sait les
diriger à son gré. Il connaît ces véritables principes
qui doivent constituer la force des gouvernemens;
il connaît les hommes, parce qu'il les a étudiés
dans des temps orageux, dans les combats de
tous les intérêts, dans le choc des partis, et dans
le cours d'une révolution fertile en crimes. Son
génie ne se repose pas, il agit toujours ; tous ses
travaux sont consacrés au bien de l'état et à la
gloire du gouvernement. On admire le génie et

les talens de Taleyrand; on aime la douceur de
son caractère, l'aménité de ses mœurs, la sensibilité de son ame.

Ce fut au milieu de ses immenses et précieux
travaux que d'infames assassins levèrent leurs
poignards sur la tête de Bonaparte, et qu'ils cons-
truisirent cette machine infernale qui devait ensevelir sous des ruines de feu celui qui venait de
sauver la patrie, et de briser les fers honteux qui
asservissaient le peuple français. Bientôt la conster-
nation est générale; le peuple, toujours vrai dans
sa douleur, versa des larmes, les soldats renver-
sèrent leurs drapeaux, et le deuil fut étendu sur
la France. Mais le ciel veille sur les destinées du
premier consul; rien ne peut changer ces décrets
immuables de la providence, qui l'a choisi pour
être l'exécuteur suprême de ses desseins et de
ses volontés. Bonaparte, environné des ombres
de la mort, montra une fermeté d'ame digne d'un
guerrier et d'un sage; il croit à la providence et à
la fortune, et il ajoute foi à ses pressentimens.
« Les ames des héros, dit Thomas, ont un ins-
« tinct supérieur qui n'est pas même soupçonné
« des ames vulgaires; les grands hommes ont une
« espèce de divination : on peut les comparer à

« ces hautes montagnes dont le sommet est éclairé
« par les rayons de la lumière, tandis que les ré-
« gions inférieures du globe sont encore enseve-
« lies dans les ténèbres. » La France, délivrée de
ses alarmes, devint un temple d'où s'éleva l'hymne
de la joie, et le cantique de la reconnaissance.
Bonaparte recueille en paix les marques de l'af-
fliction publique et les témoignages de l'alégresse
générale; c'est alors qu'il a dû sentir toute l'importance de ses devoirs, et tout ce qu'il doit faire
pour consolider le bonheur d'un peuple si digne
de son amour et de sa sollicitude.

Oui, Bonaparte a de grands devoirs à remplir; il pardonnera à un citoyen qui s'intéresse à
sa gloire et à son bonheur de les lui rappeler; il
sera plus attentif à la voix de l'orateur, qui lui
présentera des vérités utiles, qu'à celle de l'historien qui racontera et transmettra aux générations
futures ses victoires et ses conquêtes. Les arcs
triomphaux s'écroulent et disparaissent, le bronze
et l'airain sur lesquels sont gravées les conquêtes
des guerriers tombent avec fracas ; mais la mémoire du bienfaiteur de l'humanité ne périt point,
elle vit dans le souvenir des hommes, elle est liée
avec l'existence de l'univers, et l'univers la présente aux générations qui se succèdent les unes
aux autres.

Le premier consul régnera par la justice, il se fera aimer par ses bienfaits et ses vertus ; il réunira dans son administration la fermeté à la sagesse et à la bonté : la justice est cette vertu publique qui assure le bonheur des peuples, et garantit la durée des empires. Sans la justice les états périssent, les souverains tremblent sur leurs trônes, les nations se dégradent ; il n'y a plus de citoyens, ni de patrie ; il ne reste que des tyrans et des esclaves : que cette vérité soit gravée sur des tables d'airain, sur les murs du palais du gouvernement, sur la tribune des législateurs, et dans le sanctuaire des lois ; qu'elle soit cette alliance auguste qui doit unir tous les membres du corps social ; qu'on n'oublie jamais que la justice est une émanation de la divinité, qu'elle est de tous les temps et de tous les lieux, qu'elle surnage à travers les siècles, qu'elle ne varie jamais au gré des événemens et des orages politiques, et qu'elle fait la gloire, la force et le bonheur des administrateurs des empires, et des législateurs des nations !

Le premier consul apprendra que c'est sur la législation que repose l'édifice social ; que des lois injustes ou irréfléchies détruisent la force des gouvernemens, enfantent les factions, et préparent de tristes et sanglantes révolutions : il placera l'agriculture au premier rang des intérêts politiques ;

il diminuera le fardeau des impôts, introduira dans l'administration des finances un esprit d'ordre et d'économie, rétablira le crédit public, adoptera des moyens prompts et faciles pour acquitter la dette nationale, remboursera les créanciers de l'état, arrêtera les déprédations, et réprimera l'agiotage ; il aimera et défendra cette religion de l'état qui sanctionne son autorité, et est le plus ferme appui de son pouvoir ; il ne la confondra point avec cette superstition qui la déshonore ; il en protégera les ministres comme citoyens, et les respectera lorsqu'ils s'honoreront par leurs vertus ; il punira les apôtres du fanatisme et les prédicateurs séditieux de l'athéisme ; il épurera les mœurs publiques par des institutions salutaires et des établissemens nationaux, où des professeurs habiles enseigneront les leçons de la morale et les devoirs du citoyen ; il ne permettra point le scandale public de la débauche et de la prostitution ; il fermera ces maisons de jeu où vont s'ensevelir la fortune des particuliers, où vont se consommer la ruine et l'opprobre des familles : c'est dans ces antres d'imprécation et de fureur que se forment ces bandes d'assassins et de brigands qui commettent le crime sans remords, et terminent leur malheureuse existence en blasphémant contre la providence, et en bravant la justice divine. Il fermera ces repaires, connus sous le nom de *maisons de prêt*, où d'infâmes usuriers établissent leur fortune sur la misère publique, et dérobent à l'artisan indigent le prix de ses travaux et de ses sueurs : cette institution de l'avarice et de l'intérêt sordide arrête, comprime l'action du commerce, détruit la confiance dans sa source, anéantit le crédit dans son principe, et les soumet tous deux aux calculs de l'homme sans frein dans son avidité, comme sans foi dans ses engagemens.

Bonaparte écoutera les plaintes des malheureux ; il tendra une main secourable aux infortunés ; il sera sensible à la voix de l'opprimé. Le silence d'un peuple qui souffre est un signe certain de sa corruption et de son esclavage. Il multipliera les établissemens de la bienfaisance, les asiles de la charité et de l'humanité souffrante. Il récompensera les guerriers qui ont combattu pour l'état, et assurera aux braves soldats qui ont versé leur sang pour la patrie une ressource contre l'indigence et la misère. Il se rappellera que l'armée est un corps essentiellement obéissant, qui doit être étranger à tous les actes de l'administration ; que, lorsque les soldats veulent se mettre au-dessus des citoyens, ses chefs ne tardent pas à se mettre au-dessus des magistrats, que la force alors est substituée à la loi, et la volonté de l'armée à l'action du gouvernement; il apprendra par les leçons de l'histoire qu'un gouvernement militaire est un gouvernement fragile et dangereux, qui détruit la puissance de celui qui en est le chef, et que les peuples se gouvernent par les lois civiles, et non pas par des réglemens militaires. Il n'imitera point ces sombres despotes qui, renfermés dans l'ombre de leurs palais, se dérobent aux regards des peuples, et n'entendent que par des organes étrangers et corrompus; il verra tout par lui-même, et profitera de tout; des agens infidèles ne lui cacheront point la vérité qu'il aime; il punira celui qui aura trompé sa justice et égaré sa religion : une équité sévère et vigilante fera rendre à chaque dépositaire de son autorité un compte rigoureux de la portion qui lui en a été confiée ; des déprédateurs avides ne s'engraisseront plus de la substance du peuple, n'insulteront plus aux calamités publiques, et ne jouiront point du fruit de leur infamie et de leur usurpation. Il fixera sa sollicitude sur les tribunaux de justice. Le pauvre n'ose les aborder, et le riche n'en approche qu'en tremblant : c'est un gouffre où la voracité de la chicane ensevelit les trésors de ceux qui viennent réclamer l'autorité des lois. Il se rappellera que la première fonction d'un chef de nation est d'être magistrat, et la seconde, d'être

guerrier; que les lois sont le fondement des sociétés politiques, et que c'est une sage administration qui fait la force et la gloire des états, la prospérité et le bonheur des peuples.

Il enchaînera toutes les factions; placé entre
des hommes turbulens et exagérés, il rassurera
les uns par sa modération, et contiendra les autres par sa fermeté. Premier exécuteur des lois,
dépositaire de la chartre constitutionnelle, il réprimera tous ceux qui voudront la violer, ou la
combattre; il défendra son autorité et ses droits
constitutionnels contre ces hommes inquiets et
ambitieux qui voudront les attaquer ou les mé-
connaître; il saura que la fermeté éclairée du chef
de la nation est le grand art de gouverner; que
la faiblesse menace son autorité, et la renverse
quelquefois; qu'une loi long-temps méditée, et
un projet conçu dans le silence et la réflexion,
doivent être exécutés dans toute leur plénitude;
que la lenteur ou l'inexécution fait mépriser l'autorité, enhardit les séditieux, et prépare ces factions qui, faibles dans leur origine, deviennent
des conspirations dangereuses et des insurrections
sanglantes; il dégagera l'administration de ces
rouages, de ces léviers, de tous ces instrumens
qui gênent sa marche, et ralentissent son mouvement; il s'éloignera des abus du pouvoir. Bo-

naparte pensera que tout membre de l'état ne doit être jugé que par la loi de l'état ; que la liberté du citoyen ne peut lui être enlevée qu'après avoir consulté et suivi les formes protectrices de la loi : des esclaves peuvent être soumis par la crainte, mais des hommes libres ne doivent obéir qu'à la justice ; il rejettera ces délations secrètes dont un gouvernement faible et corrompu se sert pour attaquer la liberté publique, pour sacrifier à ses sombres jalousies, à ses vengeances, à son despotisme, ces hommes fidèles et courageux dont il craint la surveillance, et redoute les lumières et les vertus ; il comprendra que c'est au magistrat à dénoncer, et à la loi à punir ; il abhorrera l'espionage, et brisera ces honteux instrumens de la tyrannie et de la lâcheté ; il pardonnera les erreurs, les faiblesses, et proclamera la clémence ; il fera exécuter les lois avec le triple bouclier de la justice, de la sagesse et de la fermeté; il appellera dans son conseil des citoyens sages et éclairés, confiera les fonctions publiques à des hommes qui réunissent les lumières à la moralité ; il éloignera de sa présence ces flatteurs et ces caméléons politiques qui veulent aller à la fortune par l'intrigue et la bassesse ; il arrêtera la licence de ces écrivains licencieux qui prostituent leur voix, et vendent leur conscience au mensonge et

à la calomnie, sèment dans les esprits des idées
de subversion, et dans les cœurs des desirs corrompus; il consultera ces philosophes qui consa-
crent leurs veilles et leurs travaux à répandre des
lumières utiles, à semer des vérités salutaires,
et à diriger l'opinion publique vers ces grandes
vues destinées à éclairer l'esprit, à instruire les
consciences, et à perfectionner la raison. Le
génie aura des droits à ses récompenses, et la
vertu à ses bienfaits; il n'oubliera point que
les principes des gouvernemens influent sur les
mœurs des peuples, et que les vices des peuples
punissent le gouvernement de la corruption qu'il
a fait naître.

Il aura cet orgueil utile qui fait faire de grandes
choses, et qui donne ce caractère de fermeté, qui
est la vertu des grandes ames; il lui sera permis
d'être quelquefois soupçonneux; mais cette dé-
fiance ne sera point l'ouvrage d'une politique sombre qui a rendu si odieux le nom et la mémoire
de Tibère et de Louis XI : ce sera ce sentiment
réfléchi qui lui donnera des notions justes sur les
mœurs et le caractère des hommes, et qui lui
fera découvrir leurs intentions et leurs pensées
secrètes à travers les replis de leur conscience,
et les détours de l'hypocrisie de leurs ames ; il
fortifiera son caractère; il étendra les ressorts de

son ame, il se fera un héroïsme des circonstances, autant que des principes; il consultera cette
opinion éclairée qui est la première législatrice
des états, qui fonde ou justifie tous les droits.
Sa diplomatie franche et loyale présentera un caractère de grandeur, de justice et de magnanimité, que les puissances de l'Europe seront forcées d'admirer ; il mettra dans toutes ses opération ce secret qui faisait le succès des entreprises
des anciens : ils mettaient sur leurs enseignes la
figure du minotaure, afin d'indiquer par cet emblême que les desseins des généraux devaient être
impénétrables.

Bonaparte continuera de pratiquer dans sa vie
privée les vertus morales de l'homme religieux,
de montrer les qualités aimables du citoyen et
de l'ami de l'humanité; il trouvera dans l'union
conjugale et dans le sein de sa famille ces douceurs et ces consolations de la vie domestique,
qui ont pour les ames saines un charme que les
ames corrompues ne peuvent connaître ; les vices
de tout ordre social tomberont sous la main réparatrice qui s'est chargée du glorieux emploi de
finir la révolution. Enfin, il a rempli ses hautes
destinées, en donnant à l'Europe une paix générale et solide. Il a terminé cette guerre longue
et meurtrière qui a fait des plaies si sanglantes à

l'humanité; il sait que les conquêtes épuisent
les états, qu'un jour de victoire est un jour de
deuil pour l'humanité; que la guerre est la plus
grande plaie des empires, qu'elle substitue à tous
les sentimens doux et bienfaisans le besoin d'opprimer et l'ardeur de détruire. Que Bonaparte
ne redoute point les cris de l'envie, les fureurs
de la calomnie, et les attentats de la rebellion ;
que peuvent les complots des méchans contre la
gloire de son nom, l'éclat de sa renommée, et
la force de son pouvoir? il est environné de l'a-
mour et de la puissance du peuple; il est protégé
par cette providence qui veille sur les destinées
des nations, et qui règle le sort des empires.

C'est dans la pratique de ses devoirs, et dans
l'exercice constant des vertus publiques, que Bonaparte trouvera son bonheur, et sera témoin de
la félicité du peuple; alors toutes les sources de
la prospérité publique seront ouvertes ; on élèvera un autel à la Concorde, et un temple à la
Clémence ; l'amour de l'ordre et de la patrie
réunira tous les citoyens sous le bouclier impé-
nétrable de la justice, des mœurs et des lois.
C'est ainsi que le peuple français, après avoir
étonné l'Europe par sa valeur et son héroïsme,
obtiendra son admiration et son respect par l'é-
clat de sa grandeur, de sa prospérité, et par le

tableau de sa félicité : la France , heureuse de tant de bienfaits , élèvera un monument éternel à la gloire de son premier magistrat ; elle comprendra qu'il est de son intérêt et de sa reconnaissance de lui décerner une grande rémunération, digne de ses exploits guerriers et de ses travaux politiques.

FIN.

TABLE DES MATIÈRES.

19*

FIN DE LA TABLE.

www.ingramcontent.com/pod-product-compliance
Lightning Source LLC
Chambersburg PA
CBHW052007020726
47501CB00004B/1040